Sonya
ソーニャ文庫

執愛結婚

最賀すみれ

JN190614

イースト・プレス

contents

プロローグ 005
1章 再会と、夢のような求婚 019
2章 初夜は幸せに満たされ 049
3章 暗雲わきいづる蜜月 083
4章 暗転 166
5章 黒薔薇の温室に繋がれ 222
6章 執愛の果て 241
7章 誓いと祈り 284
エピローグ 311
あとがき 316

プロローグ

黒薔薇《ばら》の温室は　鳥籠《とりかご》
捕らえて閉じ込め　羽根をもぎ
誰にも知られず　眠らせる
輝ける恋の　牢獄《ろうごく》

夕食を終えた後、童謡を歌いながら絵を描いていたアルテイシアの頭に、ふいに大きな手が置かれた。

「ただいま」

「パパ！」

声だけで相手が誰であるのかを察したアルテイシアは、ふり向きざまに手をのばして抱きつく。

遅い時間に子供部屋に入ってきたのは案の定、仕事で外国に行っていた父親だった。大きな彼は、飛びついてきた七歳の娘を、うんと高く抱き上げる。

「私のお姫さま、いい子にしてたかい？　悪い子にはお土産をあげないよ」

「もちろんいい子にしてたわ！　お土産ってなに？」

「たくさんある。でもとっておきは、マラーニ島で仕入れたレースのリボンかな。見てみなさい、この見事な装飾を！」

父が懐《ふところ》から出したリボンは、蜘蛛の糸のように細いレース糸によって、複雑な薔薇模様が描かれていた。明かりのほうに向けるとランプの光を受けて薔薇がきらめく。

「すごいわ。きれい……！」

うっとりとつぶやいて手をのばす娘の笑顔に、父は目を細めた。

アルテイシアの父、ギルバート・ヴィンタゼルは貿易商だ。

辣腕《らつわん》家と名高い彼は一代で比類のない富を築き、平民でありながら社交界でも広く名前を知られる存在だった。ありあまる富のみならず、高貴な家柄の美しい妻と、愛らしい娘を持つことでも世間の羨望を集めている。

しかし当のアルテイシアは、レースのリボンで早速髪を結ってみた結果、鏡に映った自分の姿に頬をふくらませた。

「わたしもママみたいな髪だったらよかったのに……」

母のまっすぐな金の髪は、どんな髪飾りにも映える。それに比べてアルテイシアの髪は、いまいち地味な胡桃《くるみ》色。しかもふわふわに波打って見劣りする。

悄然《しょうぜん》とする娘を、ソファに座った父親は抱き上げて膝に乗せた。

「パパはアリィの髪の色が好きだよ。ファッジみたいでおいしそうだ」

「ファッジ……！」

好物のお菓子の名前に、アルテイシアはぱっと顔を輝かせる。

皆が立派な紳士と褒める父は、誰の目にも優美な母と並び、アルテイシアの自慢だった。おまけに父はとても優しい人だ。出自への誇りゆえか、家族に対してもどこか冷たい母とちがい、彼は娘のアルテイシアを目に入れても痛くないほどかわいがっている。貿易商という仕事柄、家を空けることが多かったものの、帰ってくると片時も離れず傍にいてくれるのだ。

外国の服や小物でおしゃれをさせて、何でも言うことを聞いて、お姫さまみたいに甘やかしてくれる。

高価なベルベットのケープや、レースや刺繍《ししゅう》がたっぷり施されたサテンのドレス、大きな鳥の羽根が飾られた帽子にイタチの毛皮のマフ。そしてピカピカに輝く革の編み上げ靴。

身を飾る物でおよそアルテイシアの持っていない物はなかった。

「フワフワした髪は、アリィを女の子らしく、かわいく見せる。ママの髪とはちがう美しさがあるんだから、自信を持つべきだ」

「でも……」

一生懸命励まそうとしてくれる父の気持ちは嬉しい。

しかしそれでも、父の目には、世界中の誰よりも母が美しく見えることを知っていたから、アルテイシアはふたたび肩を落とす。

「わたし、ママに似てないの、残念だわ……」

そんな娘に、彼は力を込めて訴えてきた。

「アリィはパパの叔母に似ているんだ。溌剌《はつらつ》として、きれいな人で、男の人からの求婚が引きもきらなかった人だよ」

「ほんと？　写真ある？」

「写真は……ないなぁ」

「肖像画は？」

「肖像画をもらうほどの仲じゃないんだ」

優秀な人だが、時々ツメが甘いのだ。

「パパ、ありがとう。慰めてくれるのね……」

ため息をつきながらアルテイシアが言うと、父はあわてるように応じた。

「慰めなものか！　本当だ！　よし、今度写真を送ってくれるよう頼んでみよう」

「いいわよ。無理しなくて」

娘の返事に、彼はもそもそと言う。

「……おまえのその、勘の鋭いところはママにそっくりだぞ」

「勘なんかいらないわ。きれいな髪の毛がいい。あと、できれば猫目石みたいな、あの金色の瞳も欲しかった……」

自分が、美男美女と名高い両親のどちらにも、はっきりと似たところのないことは、アルテイシアの自尊心を少なからず損ねていた。

なぜなら。

最近、我が家に来たのだ。とんでもなく美しい、王子様みたいな親戚の少年が。

オリヴァー・ウィンストン＝フィッツベリー。

何やら事情があって、しばらくヴィンタゼル家に預けられることになったという少年は、当年とって十二歳。五つ年上である。

アルテイシアはひと目で少年を好きになり、あれこれと世話を焼いた。

しかし来たばかりで緊張しているのか、今のところ彼は、周りに対してひどくよそよそしい態度を取り続けている。

（でもあの子……なんだかさみしそうなのよね……）

だからやはり、これからもめげずに話しかけてみよう。そうすれば、そのうちきっとうち解けてくれるだろう。

アルテイシアはずっと、兄弟が欲しいと思っていたのだ。父の留守中、母とふたりで暮らす屋敷はとてもさみしいものだから。

「……わたしね、別に男の人に人気がなくてもかまわないの。なるべく長くパパといたいもの」

大きな父の胸にもたれかかって言うと、包み込むように肩を抱きしめられる。

「パパも同じだ。でも、いつかはお別れすることになる。そのとき……おまえが心から愛する人と結ばれて、幸せになってくれていることを願っているよ」

眼差しを遠くして、しみじみとそうつぶやいた父が、あまり幸せそうに見えない母のことを思っているのだろうということは、子供のアルテイシアにも察することができた。

両親の不仲は――というよりも平民である父を一方的に疎《うと》む母の態度は、日頃からアルテイシアの心を傷つけている。母は、自分が世話をする薔薇のことばかり大切にし、夫と娘のことは、その一輪ほども気に留めていないのだ。

共に母の歓心を得られない者同士。父を元気づけようと、アルテイシアは小さな手をのばして父に抱きついた。

「未来のことはわからないけど、今はオリヴァーと仲良くなりたいわ。うちでの暮らしを楽しんでほしいの」

「なれるさ。天使みたいな優しさと無邪気さで、おまえはどんな相手の心も開かせてしまうから」

父はこめかみにキスをしてくる。

「おまえは私の自慢の娘だ」


遅い時間だったこともあり、ギルバートは少し話をしただけでソファから腰を上げた。

乳母と共に父を見送る間、ふと窓に目を向けたアルテイシアは、庭のほうで小さな明かりが動いたことに気がついた。

(何かしら……？)

しかしソファから下り、窓に近づいていく間に明かりはすぅっと消えてしまう。

「お嬢さま。そろそろお休みの時間ですよ」

窓の外を眺めるアルテイシアの背後から、乳母が声をかけてきた。彼女はそのままカーテンをきっちりと閉めてしまう。

うながされてベッドに入ったアルテイシアは、素直に休むふりをして毛布をかぶり、明かりを消した乳母が部屋から去っていくや、ベッドを出てもう一度窓の外を見た。

するとーー
(……オリヴァーだわ)

庭園の灌木《かんぼく》の間に一瞬だけ浮かび上がった姿に息を呑む。

少年は燭台《しょくだい》を手に、何かを探すように歩いていた。

(見つかったら怒られちゃう……)

しばらく迷った末、アルテイシアは自分の部屋からこっそりと抜け出した。

柔らかい室内履きのおかげで足音を立てずに屋敷の中を移動すると、使用人用の裏口からすばやく外に出る。

先ほど明かりを見かけたあたりまで行くと、少年はまだウロウロしていた。

首を巡らして周りを見まわす仕草をするたびに、月の光を紡いだかのような、柔らかそうな銀の髪が揺れ、ムーンストーンにも似た神秘的な薄青の瞳が方々に向けられる。

その相手に、アルテイシアは声を押し殺して呼びかけた。

「オリヴァー」

美しい少年はぴくりと肩を揺らしたものの、ふり返らなかった。聞こえなかったふりで、首を左右に巡らせている。

アルテイシアはヒソヒソ声でさらに続けた。

「今すぐ家の中に戻らなきゃダメよ。子供は、日が暮れてからは屋敷を出てはいけない決まりなの」

ヴィンタゼル家の躾《しつ》けは厳しいのだ。見つかったら確実に叱られてしまう。

「規則を破ったら、罰としてうんと酸っぱい檸檬《れもん》水を飲まなければならないのよ。……ねぇ、聞いてる？」

しつこく話しかけると、彼はようやくこちらをふり向いた。

「聞いてるよ。それなら君は今すぐに家の中に戻ったほうがいい」

「あなたは？」

「用事がすんだら戻る」

そして歩き去ろうとする相手を、アルテイシアは呼び止めた。

「待って。用事って？　何をしてるの？」

「かまわないでくれ」

彼は少し怒ったように言い放った。

しかし――苛立ちの中に、途方に暮れるような心細さが見え隠れしていると感じるのは、気のせいだろうか？

すたすたと歩いて行ってしまう細い背中を、アルテイシアは懸命に追いかける。

「何か探しているの？」

「ほっといてくれと言ったはずだ」

「一緒に探してあげるわ」

「君には関係ない」

にべもなく言う相手に、アルテイシアは意識して笑いかけた。

「わたしのほうが庭にくわしいもの。いっしょに探せば早く見つかって、あなたも早く中に戻れるじゃない。……ね？」

彼はこの家に来たばかりで、きっと慣れないことが多くてとまどっているのだ。だから自分がよく気をつけてあげなければならない。

その使命感だけで見上げていると、何かを堪えるようにくちびるを引き結んでいた彼が、低く問いかけてくる。

「僕に親切にして、君に何の利益がある？」

「りえき？」

「……君にどんないいことがある？」

「それはもちろん……安心して眠れるわ」

「…………」

オリヴァーは探るようにしばらくこちらを見据えていた。しかしやがて庭に目をやり、ため息をつく。

「……もういい。戻るよ。どうせ見つからない」

「何を探していたの？」

「……白い猫」

「猫……」

屋敷に向かって歩きながらの、ぽつぽつとした説明によると、彼はここに来た日の夜に野良猫と知り合い、毎晩メイドに夜食を作ってもらい、パンや牛乳をこっそり持ち出しては、その猫に与えていたらしい。

「毎晩来ていたのに、一昨日からぱったり姿を見せなくなった……」

歩きながら、少年はひどくさみしげな様子で目を伏せた。いつも何かに怒っているような無表情しか見たことのなかったアルテイシアは、今にも泣きそうなその表情に驚いてしまう。

（ここに来てから知り合ったっていうことは……まだ二週間よね……。好きの気持ちに時間は関係ないかもしれないけど……）

どう声をかければいいのかわからず、じっと見上げる視線に気づくと、彼はばつが悪そうに顔を背けた。

アルテイシアは懸命に言い募る。

「きっとかわいい子だったんでしょう？　たぶん誰かが飼いたくなったのよ。新しいお家で幸せに暮らしてるわ」

寄り添う気持ちと共に手をのばした。いつも父親にするように彼の手を取り、強くにぎりしめる。――と。

彼はうろたえるように、突然足を止めた。

「……君……っ」

「そうだ、この街で一番お薦めの場所をまだ案内してなかったわね」

ぽかんとした顔で立ち止まった少年に、アルテイシアはつないだ手を大きく振って思いついたことを伝える。

「動物園よ。イーストパークにあるの。動物がたっくさんいるのよ」

「僕は別に動物が好きってわけじゃ……」

「今なら生まれたばかりのライオンの赤ちゃんが見られるわ。目が溶けちゃいそうなほどかわいいの！　明日行きましょう。ね？」

強く誘うと、彼はようやくうなずいた。そしておずおずと手をにぎり返してくる。

それまで他人行儀だった彼の、わずかな変化を感じ、ひっそり嬉しさを噛みしめる。

そのまま手をつないで歩いていたふたりが、裏口から屋敷の中に入ろうとした、そのとき。

ふわりといい匂いが鼻先をくすぐった。

アルテイシアがふり向くと、後ろから母のイレーネが歩いてくるところだった。温室からの帰りであるらしい。

すとんとしたドレスとガウンだけを身につけた母は、子供の目から見てもひどく妖艶だった。細長い煙管《キセル》をけだるく吹かす姿すらも美しい……。

そう思いながら、アルテイシアはあわてて訴える。

「ごめんなさい、お母様。たった今、中に入ろうと思ってたんです……っ」

その横から、オリヴァーが一歩進み出た。

「……僕が決まりを知らずに外に出たのを見て、アルテイシアが注意しに来てくれたんです」

姿勢を正し、正直に話す甥を眺め、イレーネは艶然《えんぜん》とほほ笑んだ。

「そう……」

猫目石のように謎めいた金の瞳が、甘く細められる。その眼差しは、まっすぐにオリヴァーにだけ向けられていた。

不思議に思いつつ見上げていると、彼女は煙管をくわえたまま口を開く。

「いいわ。今回だけ特別、目をつぶってあげる」

どうでもいいことのようにつぶやく母に、アルテイシアはホッと胸をなで下ろす。

一年の後、母の大切にしていた薔薇の温室であんな恐ろしいことが起きるなど、このときはまだ想像もしていなかった。

1章　再会と、夢のような求婚

その日は、鬱々《うつうつ》とした曇り空だった。

五月半ばの日中であるというのに、あたりは薄暗く、時折小雨が降ってくる。

厚い雲が垂れ込めた景色は、まるでこの場にいる者たちの心中を表しているかのよう。

黒絹のドレスに身を包んだアルテイシアは、レース飾りのついた白いハンカチをにぎりしめ、そっと目尻に当てた。

なだらかな丘陵《きゅうりょう》に広がる教会の墓地。五十名ほどの参列者が見守るのは、愛する父、ギルバート・ヴィンタゼルの葬儀である。

貿易商だった彼は、自身の所有する商船から海に転落して命を落としたのだ。

近しい人々や警察は自殺を疑ったものの、唯一の遺族であるアルテイシアは、断固として事故だと主張した。その結果、何とか事故死として処理された。

（お父様の名誉を守ることができてよかった……）

アルテイシアは胡桃色の瞳を涙で濡らし、墓守たちがロープでゆっくりと棺を下ろしていくのを見つめた。

隣の墓にはすでに、十二年前に亡くなった母が眠っている。

黒いヴェールの内側で、こぼれそうになった涙をハンカチでぬぐっていると、隣に立つカティアが肩を抱いてくれた。

「アリィ、泣かないで……」

カティアは乳母の娘である。淑女《レディ》として、本心を見せずに周りと接するよう育てられたアルテイシアにとって、心を許してつき合うことのできる数少ない友だちだった。

「お父様は、お母様を深く愛していらしたから。これで安らかに眠れるはずよ」

すがるようにつぶやくと、カティアは大きくうなずいてくれる。

「そうね」

棺がすっかり土の下に埋められてしまうと、参列者は三々五々《さんさんごご》帰路につく。

そのときになっても、名残《なごり》惜しい思いでその場に立ちつくしていたアルテイシアに、顔見知りの貴公子が気遣わしげに声をかけてきた。

「お悔やみを申し上げます。深い悲しみに言葉もありません」

「お気遣い痛み入ります。フレデリック様」

父の友人の議員である。家にも何度か訪ねて来たことがある。

「私にできることがあれば何でもおっしゃってください」

「……ありがとうございます」

何でも、のところを強調する言い方に、さらに気持ちが沈む。

と、その横から身なりのいい別の青年が話しかけてきた。

「アルテイシア。悲報を聞いて飛んできた」

「クリスティアン様。ご無沙汰《ぶさた》しております」

「父君は多額の負債を遺されたとか。相談に乗るから、いつでも言ってくれ」

「君！　失礼だろう、こんな場で――」

クリスティアンの直截《ちょくさい》的な言い方に、他にも二、三の若者が寄ってきて、たちまち言い合いが始まる。

負債を抱えているとはいえ、アルテイシアの母は侯爵家の出。その縁は貴公子たちにとって魅力的なのだろう。

頭上で交わされる険悪な会話に、アルテイシアがいたたまれない気分になっていると、ふいに傍らで強い光が発せられ、バシャ！　とストロボの焚《た》かれる音がした。

誰かが写真を撮ったのだ。

「カティア……」

アルテイシアのつぶやきに、彼女は大きな手持ち式の写真機を掲げてみせる。若い女性でありながら、新聞記者という仕事に就く職業婦人なのである。

「失礼、紳士の皆様。明日の新聞にこの写真を載せられたくなければ、仮にも葬式の席でつまらない言い合いをするのはやめるのね！」

毅然《きぜん》と言い放たれたカティアの言葉に、貴公子たちは気圧されたように口を閉ざした。

と、そのとき。

「アルテイシア」

静まりかえったその場に、涼やかな声が響く。

「…………っ」

聞き覚えのある、耳に心地よい声。

思わずふり向くと、少し離れたところに人影がひとつ立っていた。

丘陵を冷たく吹きわたる風に、くるぶし丈の黒い外套《がいとう》が、まるで死神の衣裳のようにひるがえる。

全身を黒一色で統一した装いは、他の参列者と同じものであるはずだが、目の前の相手はその誰よりも目立っていた。

理由は、彼が手にしている黒い薔薇の花束と、そして——

アルテイシアは言葉もなくその立ち姿に見入った。

小雨に濡れて艶やかに輝く銀の髪に、ムーンストーンのように神秘的な薄青の瞳。秀麗な鼻梁と、優美な弧を描くくちびるは、見る者すべてを虜にする甘やかな蠱惑《こわく》に満ちている。

信じられないほどの美貌は、アルテイシアの母イレーネによく似ていた。

「……オリヴァー？」

小さな声での呼びかけに、あたりに散っていた参列者も彼の登場に気づき、一様に息を呑む。

社交界に身を置く人間で、その存在を知らない者はいない。

クラウンバーグ侯爵、オリヴァー・ウィンストン＝フィッツベリー。手広く事業を営んでいることに加え、貴族院議員としての活躍もめざましく、現在最も注目を浴びる独身の若い貴族である。

「オリヴァー……！」

考えるよりも先に、アルテイシアはそちらに向けて一歩を踏み出した。

しかしその肩を、傍にいた貴公子がつかんで制止する。

「ダメだ、アルテイシア。行ってはいけない」

押し殺したささやき声には、強い警戒がにじんでいた。

それもそのはず。名声や財産、美貌よりも、クラウンバーグ侯爵を有名たらしめているもの。

それは――

「彼はあなたの母君を死なせた男ですよ。お忘れですか？」

誰かの声に、また別の声が賛同する。

「そうだ。人殺しのくせに、よく顔を出せたものだ……」

しかしアルテイシアは、ざわつく周囲の声を無視して駆けだした。

「オリヴァー……！」

黒い影に走り寄り、すっぽりと全身を覆う外套をつかんで見上げる。

「会いたかった……っ」

漆黒の外套の表面には、天使の羽根の模様が織り出されていた。

まったく今の状況にふさわしい。父親を失い、頼りとする身内もなくひとり遺されたアルテイシアの前に、まるで天から使わされたかのように現れたのだ。

彼は、両腕に抱えるほどの大きな黒薔薇の花束を差し出し、礼節を失わない程度の親しみを込めて肩に手を置いてきた。

「叔父上が亡くなったと聞いて……君が落ち込んでいるのではないかと思ってね」

おそらくはアルテイシアの評判を気にして、馴れ馴れしい振る舞いを慎《つつし》んだのだろう。

しかし次の瞬間、アルテイシアは相手の気遣いを顧みることもなく、湧き上がる感情の

まま彼に抱きついた。

「オリヴァー……っ」

外套の羽根模様に顔を押し当て、声を殺すこともなく大きな悲しみに身をまかせる。

父が亡くなってから、ひとりで呑み込んできた悲嘆と不安を吐き出すように泣きじゃくる。

初めはとまどう様子を見せていたオリヴァーだったが、しばらくするとしがみつくアルテイシアの身体を抱きしめ、しゃくりあげる背中を優しくなで始めた。

地面に落ちて散らばった薔薇が、風に吹かれて四方へ飛んでいく。

墓地に舞い散る黒い花びらを、他の参列者が不安のこもった眼差しで眺めていたことを、もちろんアルテイシアは知るよしもなかった。


「ごめんなさい……」

ひとしきり悲しみを吐露したアルテイシアは、しばらくして我に返り、ひどく恥ずかしくなってしまう。

オリヴァーの胸に顔を埋めたまま、どうすることもできなかったアルテイシアを、彼は教会に隣接する司祭館の一室に連れて行ってくれた。

　カティアも一緒である。

　彼女は幼い頃にオリヴァーと会ったことがあるため、周囲の妙な雰囲気にも気後れすることがなかったようだ。

「びっくりしたわよ、ほんと！　懐《なつ》かしい人が現れたかと思ったら、突然アリィが飛びついて、いきなり泣き出すんだもの」

　写真機を抱えて訴えてくるカティアに、アルテイシアはしおしおと謝った。

「ごめんなさい……。ひとりで頑張らないとって気を張っていたのが、オリヴァーの顔を見たら安心しちゃったみたいで……」

「役に立ててよかった。泣けるなら泣いたほうがいい」

　恐縮しきるアルテイシアに向け、彼は優しい笑みを浮かべる。

「溜め込むのは心にも身体にもよくないからね」

　低く穏やかな声に、鼓動がどきりと高い音をたてた。

　声だけではない。

　記憶にあるより、ひとまわりもふたまわりも身体が大きくなった彼は、大人の紳士としての落ち着きと貫禄《かんろく》をもって、アルテイシアを優しく見つめてくる。

　葬儀のためにまとう闇色の喪装《もそう》は、柔らかく輝く銀の髪と、謎めいた薄青の瞳の魅力をどこまでも引き立て、異性に慣れないアルテイシアの胸をときめかせてやまなかった。

オリヴァーは母方の従兄である。

侯爵家の領地がある地方都市で生まれ育ったものの、十二歳のときに一年ほど叔母——アルテイシアの母であるイレーネに預けられ、この王都で一緒に暮らしていた。

ふいに現れた従兄は、留守がちの父と、自ら手がける薔薇のことしか頭にない母に代わり、アルテイシアの面倒をかいがいしく見てくれた。

優しく頼りがいのある、兄のような存在。そして——アルテイシアの初恋の人、でもある。実は。

不幸な出来事があり、彼はたった一年で実家に帰ってしまったが、それでも気持ちは変わらなかった。

昔を思い返してため息をつくアルテイシアの前で、カティアが彼に向けて口を開く。

「それで……本当のところはどうなんです？　あれは」

単刀直入な問いに、オリヴァーはからかい混じりに片眉を上げた。

「あれ、とは？」

「とぼけないでください。あの人たち、言ってたじゃないですか。あなたのことを『人殺しのくせに』って」

「カティア、やめて」

アルテイシアは友人の腕をつかんだが、質問は止まらなかった。

「あれはどういう意味なんですか？」

強く見据えるカティアの眼差しを、オリヴァーは穏やかに受け止めている。

それはおそらく、後ろめたいことが何もないからだ。

アルテイシアはカティアの手に自分の手を重ね、代わりに答えた。

「ちがうの。あれにはわけがあるのよ……」

参列者が指摘していたのは、十二年前、ヴィンタゼル邸で起きた悲劇的な事件のこと。

夜半に屋敷の温室で小火《ぼや》が起き、母のイレーネが巻き込まれて死亡したのである。

温室は、イレーネが実家から持ってきた薔薇を大切に育てていた場所。彼女はいつもそこにいた。美しい薔薇の園に閉じこもり、現実に背を向けていた。

アルテイシアはそんな母の死を複雑な思いで受け止めたが、父はちがった。

悲しみのあまり半狂乱になった彼は、オリヴァーが温室の近くで火遊びをしているのを見たと言い張り、それが火災の原因とされてしまったのである。

オリヴァーは反論することなく、結果として実家に返された。

「カティアはあのとき別の家に暮らしていたし、事情をよく知らないだろうけど……、わたしは知ってるわ。ううん。うちで働いている使用人なら、みんな知っていた――お母様がよく温室で煙管を吸っていたこと。それに……それまでにも何度か、火の不始末で騒ぎを起こしたことがあるって」

「それって……」

カティアのつぶやきに、アルテイシアはうなずく。

妻を失ったことで悲嘆に暮れたギルバートは、彼女の名誉を守るため、とっさにオリヴァーに罪をなすりつけたのだろう。そしてオリヴァーは、それを否定することができなかったのだ。おそらくはヴィンタゼル家への恩義ゆえに。

「そういうことだったの……」

力なく応じるカティアから、くつろいで座るオリヴァーに目を移した。

「オリヴァー、本当にごめんなさい。父は……悲しみのあまり錯乱《さくらん》していたの。でも、だからといってあなたの名誉を傷つけることが許されるはずないわ。……わたし、いつか父に代わってお詫びをしなければって、ずっと考えていたの――」

「よしてくれ」

アルテイシアの言葉を、彼はひどくうっとうしそうに一蹴《いっしゅう》する。

「十年以上も前のことだ。掘り起こしたところで死者を鞭《むち》打つことになるだけ」

「でも、怒っているでしょう？　だからあの事件以降、会いに来てくれなかったんでしょう……？」

そう。実家に戻された彼は、それきりアルテイシアの前に顔を見せることがなかった。

この十二年の間、一度も会うことがなかったのだ。

きっと濡れ衣を着せられた彼は、心の中では納得していなかったにちがいない。

「あなたの人生をくるわせてしまったんだもの。それもしかたがないけれど……」

悄然とつぶやくアルテイシアに、オリヴァーは苦笑した。

「まさか。会いに来ることができなかったのは、あの後、恐ろしく厳格な寄宿舎に入れられてしまったせいだよ。そこを卒業してからは爵位を継いだり、色々と重なって……。君にふさわしい人間になって迎えに行こうと頑張っていたら、あっという間に年月が過ぎてしまったんだ」

軽やかに言い、彼はすまなそうに続ける。

「私こそ、君がそんなふうに悩んでいるとも知らず、すっかり来るのが遅くなって……」

「いいえ……っ」

この十二年間、自分の両親のせいで、彼はいわれのない罪を背負わされて生きなければならなかったのだ。

そう思うと、罪悪感に胸がつぶれそうになる。

「ずっと謝りたかったの。あのときのこと……本当にごめんなさい……っ」

目に涙を浮かべ、心を込めて訴えると、オリヴァーはだまって首を振り、アルテイシアの髪を優しい手つきでなでてきた。

「過去のことより、これからのことを話そう。……叔父上は多額の負債を遺したそうだね」

「……えぇ」

最愛の妻を亡くしてから、父は生きる気力を失ってしまったのだ。

抜け殻のようになり、仕事への意欲もすっかり失われ、それまで飛ぶ鳥を落とす勢いだったヴィンタゼル商会の収益は落ち込む一方だった。

三年ほど前からは資金繰りにも困るようになり、方々から借金を重ねていたのである。

父が以前のように気力を取り戻せば、きっとまた盛り返すはず――商会の従業員たちはそんな希望にすがっていたものの、彼の死によってそれも潰《つい》えてしまった。

現状、アルテイシアは借金を返済し、商会をたたむなり売るなりして、従業員たちが生活に困ることのないよう算段をしなければならない。

「幸い、協力を申し出てくれる人が何人かいるから……」

「君との結婚と引き替えに？」

「ええ、まぁ……」

揶揄《やゆ》を含んだ問いに、アルテイシアは気まずくうなずく。

「たぶんそういうことになるとは……思うけれど……」

するとオリヴァーは、思いがけないことを言いだした。

「誰の手を取るかは決めたのか？」

「え？」

「おそらくそれぞれ財のある男たちだろうが、私にはかなわない。私には先祖代々受け継いできた豊かな領地と、当主である私の優れた手腕によって年々増えていく財産がある。それに誰にも負けない君への想いと、自惚《うぬぼ》れてもよければ、一年を共に暮らした君からの信頼が――」

熱を込めて見つめてくる、この上なく美しい顔を、アルテイシアは信じられない思いで凝視した。

「オリヴァー……？」

「つまりこれは求婚だ」

そう言うと、彼は椅子から腰を上げ、長い外套の裾を払ってアルテイシアの前にひざまずく。そしてカティアがいることを気にする様子もなく――否、視界に入っていないかのように、うやうやしくアルテイシアの手を取った。

「アルテイシア。私がこの手で君を幸せにしたい。もし君がうなずいてくれたら、それだけで私は世界で一番幸せな人間になれる」

「…………っ」

耳にした言葉は、まるで教会の鐘《かね》のように頭の中に響き渡り、幸せな感動で心を揺さぶる。

小さくふるえだした手を、彼はしっかりとにぎりしめて続けた。

「どうか私と結婚してほしい」

アルテイシアはうなずいた。一度では足りないと、何度もうなずいた。

そのくらい、今自分に起きていることが信じられず、思わず叫び出したいくらいに嬉しかったのだ。

⚜ ⚜ ⚜

オリヴァーへの気持ちが恋だと気づいたのは、彼がヴィンタゼル家に来てからひと月後。

彼の十三歳の誕生日のことだった。

その日、アルテイシアは姿の見えない彼を屋敷中探しまわった末、使用人たちの集う部屋でメイドに囲まれているのを見つけた。女の子とまちがわれるほど美少年の彼は、メイドにも人気があるのだ。

けれどアルテイシアは、メイドたちに囲まれているオリヴァーの姿に、胸の中がモヤッとするのを感じた。

(何かしら……?)

自分の気持ちにとまどっていると、こちらに気づいた彼が明るい笑みを浮かべる。

た。

「アルテイシア」

それは、メイドたちに向けられていた社交辞令のほほ笑みとはちがう、本物の笑顔だっ
（………っっ）

「何かあったの？」

たったそれだけで、それまで心の中を息苦しくさせていた重い感情が吹き飛んでしまう。

気恥ずかしさをごまかすように訊ねると、彼は抱えていた包みの数々を見せてきた。

「今日が僕の誕生日だって知って、みんなが祝ってくれたんだ」

告げられた言葉に、アルテイシアはハッとする。

どうしよう。今日が誕生日だなんて知らなかった。

しかし正直にそう打ち明けると、彼への関心が低いと思われてしまうのではないかと不安になり、つい平気な顔で応じてしまう。

「そ、そう……たくさんプレゼントをもらえてよかったわね……」

すると、彼はつまらなそうに答えた。

「一番欲しい相手からはもらってないけどね」

ちょっとふてくされたような態度に、なぜだかドキリとしてしまう。

オリヴァーはアルテイシアからのプレゼントが欲しかったのだろうか？

それなのにもらえなくて拗《す》ねている……？

（ちがうわ——）

知ってて何も用意しなかった、だなんて勘違いをさせたくない。そんな思いからアルテイシアはとっさに胸を張った。

「わたしだって、とっておきのプレゼントを考えたわ。今、それを言いに来たのよ」

「本当に？」

「えぇ。わたしのプレゼントは『何でもひとつ、言うことを聞く』っていう約束よ」

欲しいものがあるとき。あるいは手伝いが必要なとき。遊びたいのに相手がいないとき。この約束を持ち出せば、他の何を放り出しても言う通りにする。アルテイシアはそう説明した。

便利に使える、なかなかいいプレゼントのように思えたが——

オリヴァーの反応は微妙なものだった。笑顔とも困惑ともつかない表情でうなずく。

「……覚えておくよ」

短くそう言うと、彼は山のようなプレゼントを抱えて自分の部屋に戻っていく。その後ろをついて歩き、背中に向けて訊ねてみた。

「わたしのプレゼント、つまらない？」

「つまらないわけじゃないけど……」

「わたしに頼みたいこと、何もないの？」

それはそれでちょっとさみしい。

そう思っていると、自室に戻った彼は、ベッドの上にどさっとプレゼントを放り出した。

「何もないわけじゃないけど……そうだ。思いついたよ」

「なに？」

期待しつつ小首をかしげるアルテイシアをふり向き、オリヴァーはゆっくりと近づいてくる。

ムーンストーンのような瞳にじっと見つめられたまま、たっぷりと時間をかけて距離を詰められ、アルテイシアの胸は小さいなりにドキドキした。

（な……なんでそんなふうに見るの……？）

不思議な沈黙は、ひどい緊張をもたらしてくる。

おまけに近くまで来た彼は、立ちつくすアルテイシアに顔を寄せてきた。

いまだに時々見とれてしまうことのある秀麗な美貌が、くちびるがくっついてしまいそうな距離まで迫り、思わず息を呑む。

「――……っ」

何を考えたわけでもないけれど、とっさにぎゅっと目をつぶっていた。

と、彼はその頭にぽんと手を置いてくる。

「そういう約束は今後、僕としかしないって——他の人とは絶対しないって、約束して」

「……え？」

「いい？」

めっと注意する口調で言い、オリヴァーは笑って顔を離す。

そしてアルテイシアのほっぺたを両手で包み込むと、指でつまんで左右に引っ張った。

「冗談だよ！　君のあわてる顔が見たかっただけさ」

彼は何やらとても楽しそうにしていたが、アルテイシアのほうはと言えば、それどころではなかった。

（オリヴァー……っっ）

心臓が、まるで太鼓《たいこ》のような音を立てている。

真っ赤になった顔が元に戻らない。

（なんで……どうして……）

そのとき、理解したのだ。

彼が男の子で、自分が女の子であること。からかわれたというのに、彼にこうしてかわいがられるのが、天にも昇るほど嬉しく感じてしまうこと——自分が彼に恋をしているらしいこと。

それ以来、彼はアルテイシアにとってただひとりの、誰よりも特別な人になったのだ。

⚜
⚜
⚜

「アリィ！　記事にしたわよ。見て！」

女王によって正式な婚姻の許可を得た翌日、カティアが自社の新聞を持って訪ねてきた。

社交欄には、クラウンバーグ侯爵の婚約発表が掲載されている。

「本当におめでとう。きっと幸せになれるわ」

「ありがとう、カティア。この新聞、買わせて」

「やめて。あげるわよ！」

ヴィンタゼル家に、久しぶりにアルテイシアとカティアの笑い声が響いた。

オリヴァーと婚約したアルテイシアは、喪が明けるのを待って彼と結婚することになった。

新聞記事の反響は大きく、話は一瞬にして社交界を駆けめぐった。多くの人が、十二年前の事件のことを持ち出して、考え直すようにとの手紙を送ってよこしたものの、アルテイシアが考えを改めることはなかった。

それどころか日を追うごとに自分の選択への自信を深めていった。

「ほほぅ。どういう点で？」

庭に面したテラスでティーテーブルをはさみ、向かい合ったカティアが身を乗り出して訊ねてくる。アルテイシアははにかんで応じた。

「オリヴァーとの交際は、会えないでいた十二年間をまったく感じさせないの。……彼は、昔のままに優しくて、頼りになって、話していて楽しいし、かといって会話が途切れても気まずくならないし……」

照れながらもひとつひとつ挙げていると、背後でひどく心外そうな声が上がる。

「そういうことは友人じゃなくて、私に言ってくれないかな？」

「オリヴァー!?」

突然、テラスに当人が現れ、驚いてしまう。

「帰っていたの？」

「私に対する君の気持ちを、私が耳にすることができないなんて理不尽にもほどがある！」

「そんなつもりじゃ……っ」

強硬な口調におろおろと返すと、彼は一転して破顔《はがん》した。

「冗談だよ」

婚約者に優しくキスをし、テーブルの上に広げられたカティアのメモ帳や筆記具に目をやる。

「ところでこれは？」

カティアが肩をすくめて答えた。

「侯爵の結婚についての特集記事をまかされたので、幼なじみのコネをフル活用して取材しているところです」

「なるほど」

「侯爵は世間の注目を集める方なので、取材を受けようと受けまいと記事にはなりますよ」

堂々と主張する乳姉妹をかばうように、アルテイシアも口添えをする。

「勝手にごめんなさい。でもカティアなら好意的に書いてくれるんじゃないかと思って……」

「あまり積極的に協力したい事案ではないが……」

「オリヴァー、お願い。悪い噂を払拭《ふっしょく》するいい機会よ」

アルテイシアは、父親が歪めた彼の評判を正し、世界中の人に、彼がいかにすばらしい人であるのかを知ってもらいたいのだ。

懇願する婚約者の額に、彼はキスをした。

「君のお願いならしかたない」

そう言い、空いていた椅子をアルテイシアのすぐ隣まで引き寄せ、腰を下ろす。

「続けてくれ」

「えぇと……何か子供の頃のほほ笑ましいエピソードなどは？」

メモ帳を手にこちらを見るカティアに向け、アルテイシアは「そうねぇ」とつぶやいた。

「子供の頃に恐い夢を見たときは、決まってオリヴァーのところに行ったわ。真夜中でも彼はいやな顔ひとつせず迎えてくれて……。隣に彼がいるっていう安心感ですぐ寝ちゃったっけ」

「……まぁそれはけっこうなこと」

カティアはペンでこめかみをかきながら、困ったようにうなずく。

すかさずオリヴァーが口をはさんだ。

「言うまでもないが今のはメモから削除してくれ」

「え？」

「子供の頃の話で、後ろめたいことは何もないとはいえ、新聞記事にベッドの話は少々
――」

「あ……っ」

「今となっては私だけが知っていればいい事実だ」

恥ずかしげもなく言い放つ侯爵と、真っ赤になるアルテイシアの前で、カティアは
「はぁ」とため息をついた。

「では質問を変えるわ。お互い、相手を意識するようになったきっかけなどは、何かあり

ました？」

それにはオリヴァーがうなずいた。

十二歳のとき。まだヴィンタゼル家に来たばかりで、知り合いがひとりもいなくて、彼なりに恐ろしく心細かったとき。

「さみしさを埋めようと、野良猫をかわいがっていたんだ。でもあるときその猫がいなくなってしまってね。友だちがいなくなってしまったように感じて必死に探していたら、それを知ったアルテイシアが親身になって慰めてくれた。彼女は小さい頃から人の気持ちに敏感で、落ち込んでいる人を放っておくことのできない性格だったんだ。……その優しいところに自然に惹かれていったよ」

カティアの質問に答えているはずなのに、彼はじっとこちらを見つめてくる。

まるで改めて愛を告げられているようで、カァァっと頬が火照《ほて》るのを感じた。と、彼は赤く色づいた頬を指先で愛撫する。

「……おまけにそのとき、アルテイシアは手をつないでくれた――私はそれまで、実の母以外と手をつないだことがなくてね。最後に母と手をつないだのはうんと子供の頃だったし……、あれはけっこうドキリとした」

そう言うや、オリヴァーはこちらの手を取り、指を絡めるようにしてつないでくる。それにはアルテイシアのほうがドキドキした。

（カティアがいるのに……）

　好きな人とのやり取りを友だちに見られるのは少し恥ずかしかったが、当のカティアは見ないふりで冷静に声をかけてくる。

「なるほど。アリィは？」

「わたしは……そうね……」

　アルテイシアは朱色に染まった顔をこころもち伏せた。

　オリヴァーを意識するようになったきっかけならある。彼の十三歳の誕生日——初めて恋のときめきを知った瞬間を、今でも鮮明に覚えている。

　しかしそれを記事にされて、多くの人に読んでほしいとは思わなかった。大切な思い出だからこそ、自分だけの宝物として心の中にしまっておきたい。

「子供の頃から……彼はとても頼りになって、優しかったから……わたしも自然に……」

　答えてから、それだけでは足りないかと思い直してつけ足す。

「それに大人になって再会して、彼があまりにもステキな男性になっていたのですっかり心を奪われてしまったのよ」

　彼は視野が広く、とっさの判断が的確で、どんなときにも人への気遣いを忘れない。そんな、幼い頃には目に入らなかった美点を次々と発見し、そのたび、もうこれ以上は好きになれないと思っていた心が、さらに奪われるのがわかった。

会えば会うほどに強く惹かれていく――

言葉にして口に出すにつれて、自分の気持ちをますます強く感じていった。

彼も同じだったのか、インタビューを終えたカティアを送り出してから、ふたりで応接間に閉じこもり、延々とキスを交わして過ごした。

オリヴァーとなら、何時間でもそうしていられる気がした。

(ひとりの人を、こんなにも愛することがあるなんて……)

気がつけばアルテイシアは、毎日彼のことばかり考えて過ごすようになっていた。

許されるならずっと一緒にいたい。

(もちろん、そういうわけにもいかないけれど……)

何しろ自分たちには、やらなければならないことが山ほどある。

アルテイシアはオリヴァーと相談しながら、ひとりの解雇者を出すこともなくヴィンタゼル商会の債務を整理した。

その結果、今後の経営は彼が選んだ人間にまかせるものの、代表者はアルテイシアのまということになった。その采配《さいはい》には従業員たちも喜んだ。

それまで、アルテイシアが不穏な噂の持ち主と結婚することを不安視していた彼らは、ひとりまたひとりと意見を変えていった。

「皆、わたしの結婚を祝福してくれるって。披露宴には皆も呼んでいい？」

毎日のように、ふたりでソファに並んで座り、式と披露宴について相談する。

その際、アルテイシアの望みは何でもかなえられた。

婚約者のどんな要望にも、オリヴァーは鷹揚にうなずいてくれるから。

「好きなだけ招待するといい」

「ありがとう！」

アルテイシアは彼に抱きつき、男らしい頬に口づけた。そうされるのを彼は何より喜ぶのだ。

「嬉しいわ。商会の人たちは、わたしにとって家族みたいなものなの……」

父親が仕事で不在のときは、屋敷の使用人たちや、商会の人たちが何かと世話を焼いてくれた。

その思い出を話すうち、アルテイシアは彼のさみしげな微笑に気づき、ふと言葉を止める。

すると彼は小さく肩をすくめた。

「何でもないよ。ただ、私には家族がいなかったから……。両親とは一度も親子だと感じたことはなかったし、実の母とも絶縁しているしね」

「オリヴァー……」

婚約をした後、彼から聞かされていた。

オリヴァーは侯爵である父と、屋敷に仕えていたメイドの子供であり、幼い頃は母親の実家にいたものの、侯爵夫妻に子供ができなかったことから、十歳のとき父親に引き取られたのだと。

しかし侯爵夫妻は彼に愛情を示すことがなく、立場にふさわしい義務を果たすことを望むばかりであったため、新しい環境になかなかなじむことができず――結局、侯爵の妹のもとにいたほうが上流階級のしきたりの初歩を学ぶ上で有益だろうと、親族によって判断されたらしい。

「父に対して唯一感謝している点があるとすれば、私をヴィンタゼル家に送ってくれたことだ。私は君の家でようやく人間らしい気持ちを取り戻したからね」

「だから……うちに来たばかりの頃は心を閉ざしていたのね……」

そしてアルティシアに心を許すようになってからは、あふれるほどの愛情を注いでくれた。

その気持ちを想い、隣に座る彼にそっと寄り添う。彼は肩を抱いて頭にキスをしてきた。

「私にとってはずっと、君が唯一の家族だった。寄宿舎に閉じ込められていた間も、その後も。……生きていて幸せだと思えたのは、君と暮らしていた、あの一年間だけだ」

「さみしいことを言わないで――」

「今までさみしかった分、今は幸せだと言いたかったのさ。こうして君が私を選んでくれたんだ。これまでのいやなことをすべて吹き飛ばすほどの喜びを手に入れた」

しみじみと言い、今度は頬に軽くキスをしてくる。

アルテイシアはくすくすと笑いながら、それを受け止めた。

暗い記憶を簡単に消してしまうことはできない。けれど明るく幸せな瞬間を積み重ね、過去を埋めてしまうことは可能なはずだ。

「これからわたしたちは本物の家族になるのよ。……あなたがいつも笑っていられるような家庭を築きましょう」

気持ちを込めて応じると、今度は本格的にくちびるが重ねられてくる。

そのまま、ふたりは式の相談も忘れて深いキスに溺《おぼ》れた。

2章　初夜は幸せに満たされ

喪が明けた後、アルテイシアとオリヴァーは王都の大聖堂で結婚式の日を迎えた。

純白のウェディングドレスは、デッサンをひと目見て惚れ込んだデザインである。腰の高い位置から流れて長く裾を引くスカートは、ため息が出るほど美しいドレープを描くばかりか、数え切れないほどの真珠で飾られ、華やかなことこの上ない。

頭からすっぽりとかぶり、ドレスの上から全身を覆う精緻《せいち》な白いヴェールには、天使の羽根の模様が浮かんでおり、ドレス以上にアルテイシアのお気に入りであった。

もちろん白い花のブーケやダイヤモンドの輝く髪飾り、手袋に靴といった小物類までも、それぞれこの日のためにこだわりをもって選んだ特別な品である。

それらを身につけたアルテイシアは、まさに幸せの絶頂だった。

控えの部屋にやってきたカティアも、目に涙をにじませて抱きついてくる。

「アリィ、すごい素敵！　おめでとう……！」

「ありがとう」

ひしと抱き合った友人は、しかし、すぐに身を離した。

「ところで、さっき聖堂前でひと悶着《もんちゃく》あったわ。いちおう耳に入れておくわね」

「ひと悶着？」

「クラウンバーグ侯爵の親戚を名乗る男たちが、侯爵を人殺しとか、放火魔とか言って騒ぎ始めたのよ」

「そんな……っ」

アルテイシアは困惑した。

オリヴァーはどうやら親戚とひどく折り合いが悪いようなのだ。結婚式にも侯爵家の人間はほとんど招待していない。

「オリヴァーに言わないと……」

「大丈夫よ。もう解決したわ」

「え？」

「どこからか軍人がひとり颯爽《さっそう》と現れて、その男たちを力尽くでたたき出しちゃったの！　格好よかったわー。あれ、誰だったのかしら？」

頰に手を当てて首をかしげるカティアに、ちょうどその場にやってきたオリヴァーが応じる。

「こいつだ」

　現れたのは、まばゆいばかりの花婿姿のオリヴァーと、もうひとり。軍の礼装を身につけた精悍な貴公子だった。カティアが「あ！」と声を上げる。

「さっきの人……っ」

　驚くカティアの前で、軍装の貴公子はアルテイシアの手を取り、儀礼的に口づけた。

「ご結婚を心よりお祝い申し上げます、レディ」

　にこりともせず挨拶をしてきたのは、カークランド子爵エドワード・ハミルトン。海軍に身を置く将校である。

　オリヴァーの学友にして、警戒心の強い彼がめずらしく心を許している相手だった。

　フィッツベリー家の邸宅をちょくちょく訪ねてくるため、アルテイシアともすっかり顔見知りだ。

「ありがとうございます、エドワード様。――カティア、紹介させて。オリヴァーの友人のエドワード様よ」

　アルテイシアが言えば、オリヴァーも続ける。

「エドワード、こちらはカティア嬢。アルテイシアの幼い頃からの友人で、女性ながら新聞記者をしている気骨のある人だ」

その紹介に、エドワードはほとんど表情を変えず、「それはそれは」とつぶやきながら手を差し出した。その手をにぎりしめ、カティアはフッと笑う。

「手強い女はお好き？」

「簡単に手に入るものよりも、手を焼くものにこそ価値を感じるたちではあります」

「聞いた？　絵に描いたような模範解答！　優等生なのね」

ふり向いてそう報告するカティアに、アルテイシアは噴き出した。

「カティアったら……！」

彼女の言い方がおかしくてたまらない。オリヴァーの友人と、自分の幼なじみが、まずまず親しみを込めて言葉を交わしてくれることも嬉しかった。

心の底から笑顔を浮かべるアルテイシアを、オリヴァーもまた、まぶしいものでも見るように目を細めて見つめてくる。

（オリヴァー……）

ふいに視線が重なり、甘い想いに胸を灼かれた。

今すぐにキスしたい。きっとカティアとエドワードがいなかったらそうしていただろう。

彼もまたそう思っていることが伝わってくる。

しかしそのとき、式が始まることを知らせるべく、世話役の女性がやってきた。

「さぁさ、お客様は早く聖堂へいらしてください。新郎もですよ。祭壇の前で花嫁を待たなくてはなりませんから」

あわただしい別れ際に、アルテイシアは手を差し出す。それをオリヴァーが取り、しっかりとにぎりしめて返してくる。

「また後で」

「……ええ、また後で」

ほんのしばらくの別れも耐えがたいほど、アルテイシアの心は彼のものだった。

そして、およそ半刻の後。

大聖堂の祭壇の前に立ち、ふたりは神の前で永遠の愛を誓い合う。

新郎が長いヴェールを持ち上げ、緊張に頬を上気させる初々しい花嫁のくちびるにキスをする。

鐘楼《しょうろう》が高らかに祝福の鐘を鳴らす。

その日、アルテイシアは愛するオリヴァーの妻となった。

⚜　⚜　⚜

「疲れているなら、今日はやめておこうか？」

オリヴァーがそう声をかけてくる。

水差しからふたつのグラスに水を注ぎ、それを持って近づいてくる彼の――数時間前に夫となった人の気配に、アルテイシアは緊張のあまりうわずった声で答えた。

「……いいえ。そんなことはないわ……」

フィッツベリー家の邸宅である。

主の寝室は、寝るためだけの部屋とは思えないほど広々としていた。

寄せ木で模様の描かれた床には厚手の絨毯《じゅうたん》が敷かれ、中央には数名が同時に眠ることのできそうなほど大きなベッドが置かれている。

ベッドの四隅にある支柱には見事な彫刻が施され、天蓋《てんがい》からは、窓にかかるカーテンと同じ重厚な濃紺のビロードがドレープを描いてタッセルでくくられていた。

寝具はまぶしいほどに白いマルセイユ織りのカバーで覆われている。

アルテイシアは、薄絹のネグリジェだけをまとった姿で、ベッドカバーの凹凸《おうとつ》のある織りに顔を押しつけていた。

さすがに彼の寝室に入るのは初めてである。さらにそこでふたりきりになるなど――なぜだかひどく恥ずかしいことのように思えてしまい、彼の顔を見ることができなくなってしまった。

しかし誤解されるといけないので、ドキドキと高鳴る心臓を押さえつつ、必死の思いで声を紡ぐ。

「つまり……疲れてはいないわ」

「そう」

受け取られる様子のないアルテイシアのグラスをナイトテーブルに置いたオリヴァーは、ギシ……とベッドをきしませて、傍らに腰かけてくる。

「それなら今夜、本物の夫婦になる覚悟はできていると思っていいのかい？」

「……えぇ、そうよ」

羞恥《しゅうち》をこらえ、小さな声で応じると、オリヴァーは嬉しそうに言った。

「よかった。余裕ぶって振る舞うのもそろそろ限界だったから――」

ささやきながら、寝具にうつ伏せるアルテイシアの髪を払い、項《うなじ》に口づけてくる。

「君に好かれようとあらゆることに心を配って、考えられる限りの手を尽くして……、努力の甲斐あって君は私になびいてくれたというのに、ずっと手を出すことができなかったのだから。まるで拷問《ごうもん》のようだったよ」

「ごっ、拷問……？」

思いも寄らぬことを言われ、アルテイシアはかすれた声で返す。

オリヴァーは項をくちびるでたどりながら言った。

「あぁ、君はあまりに無防備だったからね。密室で私とふたりきりになっても、キス以外のことはされないと思い込んでいただろう？」

「それは……だって、まだ婚約中だったし……」

「先月の夜会のときなど、背中の大きく開いたドレスを着て、私の目にこのなめらかで白い項をさらしておきながら——」

彼の手が、背中から腰にかけてをなで下ろす。ひどくなまめかしいその動きに、こくりと息を呑んだ。

「あ……っ」

「帰りの馬車の中でうつらうつら居眠りをしただろう？」

「そ……そうだった……かしら……？」

腰をなでまわす手の動きが気になって、声がふるえてしまう。

彼は、くくっと喉の奥で笑った。

「そんな君の隣で、私が何度生唾を呑み込んだことか」

「本当……？」

「こんなみっともない嘘はつかないよ」

「あっ……」

やんわりと臀部《でんぶ》をなでられ、ひくりと身がふるえる。

その際、持ち上がった片方の肩に手を引っかけ、オリヴァーはアルテイシアの身体をひっくり返してしまった。

あお向けで見上げる新妻の真っ赤な顔を目にして、彼は困ったように片手で銀の髪をかき上げる。

「その顔は反則だ。かわいすぎる……」

「オリヴァー、わたし……緊張してしまって……」

素直に訴えると、彼は顔を近づけてくる。

くちびるがふれる淡い感覚に胸がふるえた。ついばむような優しいキスをくり返した末、少しずつ深く重ねられてくる。

「……、……ふ……っ」

柔らかい感触をうっとりと受け止めていると、やがて間《あわい》から忍び出てきた舌が、花びらのようなアルテイシアのくちびるをなぞり、侵入してきた。それはこれまでにも経験していることだ。

乱暴なところの少しもない、穏やかな舌の愛撫にアルテイシアはうっとりと酔いしれる。

胸が熱くなり、鼓動はドキドキと高鳴ったものの、先ほどまでのわけのわからない緊張は少しずつ解けていく。

ゆったりとしたキスの合間に見つめ合い、オリヴァーが熱い吐息をこぼした。

「……今となっては、この十二年間、君と会わずにどうして生きていられたのかわからない」

「わたしもよ」

再会してからまだ半年ほど。にもかかわらず、もはや彼のいない人生など考えられない。それほど、彼の存在はアルテイシアの中で大きなものになっていた。――おそらくは他の誰よりも。

ふたたびくちびるをふさがれ、肉厚の舌に口腔をかきまわされると、アルテイシアは追いかけるように自分から舌を絡めた。柔らかい粘膜を擦り合わせる感覚から、ゾクゾクするほど甘やかな陶酔《とうすい》が生まれ、ますます口づけに夢中になる。

自信に満ちた彼の舌に、弱点である口蓋をネトネトと舐められると、陶酔はますます深まり、悩ましい熱が背筋を伝って腰の奥を疼《うず》かせた。

「……フゥ、ン……――ン、……んぁっ……」

鼻にかかったような甘ったるい声の端が、少しだけ跳ねる。

素肌に彼の手を感じたためだ。それも……ひどく個人的な場所に。

オリヴァーは、キスをしている間にアルテイシアの上半身から夜着を脱がしてしまっていた。そして胸元にそっとふれてきたのである。

剝き出しの胸を彼の手に包まれている事実に、つい恥じらいを感じて身をよじると、オリヴァーはくすくすと笑った。

「大丈夫だよ」

「で、でも……っ」

弾力のあるふくらみを、自分以外の人にぐにぐにと揉《も》みしだかれるのはひどく衝撃的であり、うるんだ瞳がさまよってしまう。

そんなアルテイシアを、オリヴァーはかわいくてしかたがないという目で見下ろしていた。

「何も恐いことはないから。私にまかせて」

「……ぁ、……やぁ……っ」

「それとも私が信じられない？」

「そんなこと――ぁ……っ」

ゆったりと捏《こ》ねまわされているうち、手のひらに擦れた先端がうずうずと頭をもたげ始める。背筋が粟立《あわだ》つような感覚とともに、そこは少しずつ硬くなっていった。

すると彼は、それを指の間にはさみ、ふにふにといじってくる。

「んはぁ……っ」

甘い疼きに、ひどくはしたない声がこぼれてしまった。

初めて覚える感覚に呼吸が乱れ、瞳にはあふれそうなほど涙がにじむ。と、その目尻にオリヴァーが口づけてくる。

「こわくないよ。私は決して君を傷つけたりはしない。信じて」

「でもわたし……、ぁっ……や、……ぁン……っ」

もちろんオリヴァーのことは信じている。しかし悪戯《いたずら》な指先で、つまむようにして転がされるだけで、そこはじんじんと痺《しび》れてたまらない気分になってくるのだ。

これまで経験したことのない甘美な刺激にとまどっていると、片方の手がすぅっと腰に滑り降りていく。鳩尾《みぞおち》のくびれをいやらしくなでまわされ、ひくりと上体がふるえた。と、こんもりと盛り上がった胸が、彼の眼前で弾んでしまう。

「……いやぁ……」

恥ずかしさにいやいやをすれば、眦《まなじり》から官能の涙がこぼれた。

彼はそれをくちびるで吸い取り、嬉しそうにささやいてくる。

「慎《つつ》ましやかに見えて感じやすいんだね」

鼓膜に注ぎ込まれたいやらしい言葉に、アルテイシアは真っ赤になった。

「そんなんじゃないわ……っ」

「なぜ？　感じやすいのはいいことだ。君が乱れるほどに、私の理性も溶けていくのだから」

くすくすと喉の奥で笑いながら、彼はまるで当然のことのように言う。

(理性が溶ける？)

自分の知るオリヴァーは、どんなときでも理性的である。そうでなくなった彼など想像がつかない。

(いったいどんなふうになってしまうの……?)

心の中でこぼれた疑問は、ひゅっと吸い込んだ空気とともに、かき消されてしまった。

何と彼が、乳首に吸いついてきたのである。

「ひぁん……っ」

片方の頂《いただき》を指先でいじりながら、反対側を口に含んで舐めてくる。

ただでさえ硬く凝《こご》っていた先端が、ぬるりとした感触に包み込まれ、背筋がぞくぞくとざわめいた。

同時に、火照った身体はますます熱を帯びていく。

「んっ、ア……ぁ、……やぁっ……ぁっ……」

大きく背筋をしならせ、舌の動きにいちいちぴくんぴくんと反応する身体を、大きな手が煽《あお》るようになでまわしてくる。

「これからじっくり教えてあげるよ。君は身をもって知るだろう。理性のない私がどれほど危険か……」

ともすれば冷たく見えるムーンストーンの瞳が、今は快楽の熱に染まって危うく輝いていた。蠱惑的な眼差しと視線が重なり、破裂してしまいそうなほど鼓動が高鳴る。

「オリヴァーっ……ぁぁ、ぁぁン……っ」

ぷっくりと勃《た》ち上がった先端を、舌先がぬるぬるとくすぐってくる。かと思うと、硬い感触を舌のひらで味わうように、ねっとりと舐めて転がす。

刺激のひとつひとつにビクビクふるえる新妻を、彼は目を細めて見下ろしてきた。

「白い肌の上で、ここだけ茱萸《ぐみ》の実みたいに紅い……」

目をやれば、たしかにそこだけが真っ赤に色づき、卑猥に濡れて勃ち上がっている。

「さっきまではかわいいピンク色だったのに……。たまらない光景だね」

ぬめる口内で柔らかく吸い上げられた粒が、甘苦しく疼く。

「ふぁぁっ……ぁっ、ぁっ……ぁはぁっ……」

ちゅうちゅう吸われ、胸の奥から熱い愉悦《ゆえつ》があふれ出す。

「やぁぁっ、それ……っ、だめっ、……はぁぁ、ぁっ……ぁぁ……っ」

強すぎる愉悦に耐えきれず身をよじるが、ねっとりと吸いついた口唇から逃れることはできない。

あふれた愉悦を吸い上げるかのように、うねる舌とくちびるによってさらになまめかしく吸引され、しならせた背筋がぞくぞくとわななないた。

「もう吸っちゃいやぁ……ぁっ、ぁ、はぁ……っ」

反らした喉からこぼれる声は、細く甘くかすれて消える。

後から後から湧き出すゆるい快感に、上気した肌がしっとりと汗ばんでくるのがわかった。

身の内からこみ上げる熱いものに追い立てられるかのように、腰がもったりと疼いてしまう。それでも彼はちゅくちゅくとふくらみを責め立てるのをやめようとしなかった。

右の次は左、左の次は右、とくり返し舐ってくる。

「ん、んぁっ……もう……もう吸っちゃ、や……あ、ぁあっ、……ぁふン……っ」

淫らな感覚に耐えられなくなった身体が、敷布の上でいやらしくうねり始めると、オリヴァーはふと我に返ったように身を離し、そして――

「……ぁ……っ」

腰に当てられていた手が、今度は脚の付け根に潜り込んできた。

ひどく繊細な双丘の間を、長い指がゆっくりとたどる。と、襞《ひだ》をかきわける指先が、くちゅりと音を立てた。

どうやらそこは濡れているようだ。

「いやぁ……っ」

誰にもさわられたことのない柔らかい部分をゆるゆるとまさぐられ、頭が沸騰《ふっとう》しそうな羞恥と気持ちのよさに、内股がひくひくとふるえてしまう。

「……オ、オリヴァー……っ」

困惑し、泣きぬれた瞳を揺らすアルテイシアをなだめるように、彼は小さなキスをした。

「君は、私にかわいがられてうんと感じたということさ。ここが歓びの蜜をたくさんこぼしたんだ」

くちゅりと動いた指が、襞の前方に位置するある部位を、ぬるりとなでてくる。

そのとたん、ゾッとするほど甘美な快感が弾けた。

「あぁっ……！」

みだりがましい悲鳴とともに、ビクンッと大きく身体をこわばらせてしまう。

何が起きたのかわからず目を瞬かせていると、彼はふたたびぬるりとそこを転がしてくる。

「あぁっ、あぁ……っ！」

「ここは君のひどく敏感な場所のひとつ。大丈夫。こわくないよ」

彼はアルテイシア自身よりも、この身体についてよく知っているようだ。

蜜をからめた指先が、前方にある突起を、何度も何度も優しくくすぐる。

「あぁっ、……ひぁっ、だめぇっ……それ、さわっちゃ……っ、あっ……ぁあっ、ぁぁ……！」

くちゅくちゅと指が踊るごとに、アルテイシアの喉からは舌足らずな声が上がり、淫猥《いんわい》に身体がひくついてしまう。

くり返し弾ける強い歓びと共に、秘唇からとめどなく蜜があふれ出してきた。下腹の奥では官能が熱く沸き立ち、身体ばかりか思考までを飴のように溶かしていく。

深い陶酔から逃れようと腰をよじるものの、オリヴァーの手はどこまでも追ってきた。

「逃げないで。君を大事にしたいだけなんだから」

「はぁっ、……ぁん！　でっ、でも、こんなっ……やぁぁっ、……ぁっぁっぁぁ……っ！」

ぷっくりと尖《とが》った粒をぬるぬると指先で押しまわされるたび、びくびくと大げさなほど腰が跳ね、得体の知れない快楽が身の内でどこまでもふくらんでいく。

襲いかかる快楽によって未知の世界へ押し流されそうになり、アルテイシアは思わずシーツをつかんだ。

「オリヴァー……っ」

「ここをなでると、君の身体はもっともっと蕩《とろ》けていく。そうやって私を受け入れる準備をするんだ」

「オリヴァーを……？」

「そう。私を迎えてくれるだろう？」

愛する人からの問いに、淫悦《いんえつ》に翻弄《ほんろう》されながらも、うんうんと小さくうなずく。

幼子《おさなご》めいた反応のせいか、オリヴァーの笑顔が、何かをこらえるように一瞬こわばった。

「……そのためには、しっかり準備をしないと君がつらい思いをする。――だからちゃんと気持ちよくなって。こわくないから」

「えっ、えぇ……っ」

自分がぐちゃぐちゃになってしまいそうな悦楽にのぼせながら、必死に首を縦にふる。しかし実際のところは、えも言われぬほど強い快感に息も絶え絶えだった。こんなの、こわがるなというほうが無理だ。

にもかかわらず、彼は優しくも有無を言わせぬ仕草で、執拗に官能の塊《かたまり》をつま弾いてくる。

「私は夫だ。世界で唯一、君が我を失う姿を見てもいい人間だよ」

「はぁっ、オリヴァっ……、ぁあっ、……もう、だっ、だめぇっ、……やぁン……っ」

「さぁ見せてくれ。気持ちよくなると、君がどれほどかわいく乱れるのか」

気がつけば、アルテイシアは胸を突き出すように背筋を反らし、彼の手の動きに従ってガクガクと腰を揺らしていた。とめどなくあふれた蜜は敷布にまでしたたり落ち、お尻を濡らしている。

眩暈《めまい》がするほど恥ずかしい状況であるというのに、彼はまだ容赦するつもりがないようだった。指先でつまんだそこに、しつこく小刻みな振動を送り込んでくる。

「ひぁぅっ、……！　やぁっ……ぁ、そんなふうに、しちゃ……ぁあっ、あ、ぁぁ……っ」

「そのうちここを舐めてあげるよ。君はきっと、今よりももっと激しく乱れてみせてくれるだろうね」

「はぁっ、ぁ、ぁぁぁン……！」

自分でもよくわからない衝動によって、ひときわ大きな嬌声を張り上げた瞬間――熱く激しい歓喜がアルテイシアの背を駆け抜けていった。

頭の中まで真っ白になる感覚に襲われながら、硬くこわばらせた身体をぶるぶると引きつらせる。

気持ちよすぎておかしくなる。

そんな感覚がしばらく続いた後、やがて衝動は少しずつ治まっていった。骨がなくなってしまったかのように力の抜けた身体を、アルテイシアはくったりと寝台に横たえる。

「はぁ……はぁ……」

とろんと快楽に溶けた眼差しをさまよわせると、ふいに頭の両脇にオリヴァーの手が置かれるのがわかった。彼はそのまま、のしかかるようにして身体を重ねてくる。

「はぁ……っ」

肌と肌のふれ合う感覚がたまらず、切なく喘《あえ》いだ。

たくましい胸に、アルテイシアの柔らかなふくらみが押しつぶされる。ずっしりとした重みすら今は心地いい。

「気持ちよく達《い》けたかい？」

穏やかに訊ね、彼はくちびるを重ねてきた。

緊張を和らげるような、優しいばかりだった先ほどよりも、情熱的で激しいキス。これまでならひるんでいたであろう、くちゅくちゅと唾液の音を響かせての淫らなキスに、アルテイシアは夢中で応じた。

舌と舌とを深くからみ合わせ、口腔を蹂躙《じゅうりん》される感覚を陶然《とうぜん》と味わう。

それは、これまでのキスが児戯《じぎ》に感じてしまうような、濃密にして淫らな男女のキスだった。

オリヴァーが巧《たく》みに仕掛けてくる誘いは、まるで「ついてこれるか？」と訊ねているかのよう。もちろんアルテイシアは必死に追いすがった。じゅっと音がするほど強く舌を吸われ、達したばかりのアルテイシアの下腹がふたたび熱く淫猥に疼く。

「はぁ……っ」

切なく喘いだとき、下肢での違和感に気づき、ハッと目を瞠《みは》る。

ぬるりと、何かが自分の中に入ってきた……ように感じる。

いよいよ彼とひとつになるのだろうか？

思わずちらりと下を見てしまう。だがしかし——

（ゆ、指……？）

蜜口に潜り込み、中の様子を探るように内壁をゆるゆるとなでているのは、彼の長い指だった。

「残念というべきか……私のものはこんなに細くない」

見すかされたようなつぶやきに、恥ずかしさのあまり頭が沸騰してしまう。

「……そ、そんなんじゃ……っ、ぁ……あの、……あんまり、さわらないで……っ」

長くて器用な彼の手で——いつもは優雅に食器を扱い、あるいは白い手袋に包まれてステッキを持っている手で、自分のそんなところを暴かれているという羞恥にとまどう。

しかし彼は笑って取り合わなかった。

「さわるな？　そんなの無理だよ。こんなに気持ちのいいものにさわらないなんて……」

困惑する妻を愛でるように、彼は快楽にうるんだムーンストーンの瞳でじっと見下ろし、そして慎重に指で蜜洞をかきまわしてくる。

くちゅくちゅと、耳を覆いたくなるような水音を立てて、彼はからかうように言ってくる。

「ああ、だいぶ中が蕩けてきた。私の指を甘えるみたいにしゃぶっている」

「あっ、あっ、やぁっ……」

「ちょうだい、ちょうだいって言っているよ」

淫らなセリフに、中がきゅんっと締まる。オリヴァーがその反応にくすりと笑う。

「噂されて喜んでるのかな？」

恥ずかしがるアルテイシアにキスをしながら、大きく円を描くように押しまわすと、ぐぷっぐぷっと、卑猥な音が立つ。

「そんなふうにしないで……っ」

「慣らしているんだ。言っただろう？　君を傷つけたくない。なるべく痛い思いをさせたくない」

淫唇からさらなる蜜があふれ出し、汗ばんだ身体はますます熱を帯び感度を高めていく。

ぐちゅぐちゅと秘処をいじっていた彼の指が、蜜洞上部の壁にふれたとき、アルテイシアの下腹の奥でひどく甘美な火花が散った。

「いやぁっ……」

大きく身をこわばらせる妻の反応に、彼はそこばかりをゆるゆると責めてくる。

「ここ？」

「あぁっ、……あっあぁン……、だめぇ……そこ、だめ……、はぁン……っ」

どうしても感じてしまう場所への淫蕩な刺激に、媚《こ》びるような声がひっきりなしにこぼれた。身体が自然にのけぞってしまう。

蕩けるような快感に追い立てられたアルテイシアは、両手で枕をつかんだ身体をひっきりなしによじらせた。乳房もまた、たぷんたぷんと左右に揺れる。

するとオリヴァーは、ツンと尖った先端をきゅっとつまんで柔肉を揉みしだいてくる。

どこまでもアルテイシアの快楽に尽くしながら、ぽつりとつぶやいた。

「最初から快楽だけを与えることができればどんなにいいか――」

「ぁっ、……ぁ、ぁっ、相手が、……あなたなら……こわくない、わ……っ」

あらぬところに彼の指を感じ、内側から翻弄される歓びに身をまかせながら、アルテイシアは涙目で訴える。

「……わたしを、あなたのものに……、して……っ」

すると、彼は感極まったようにアルテイシアの首や鎖骨、胸に小さなキスを降らせてきた。

「アルテイシア……っ」

その間もくちゃくちゃと粘ついた水音を立てて蜜壺をかきまわしていた指の動きが、次第に忙しないものとなっていく。指の腹で内壁の弱点を捏ねまわしながら、包皮から頭をのぞかせた核芯を、手のひらで押しつぶすように刺激してくる。

感じすぎてしまう箇所をふたつも責められ、先ほど極めたばかりの敏感な身体は、とめどなくあふれ出す熱い恍惚《こうこつ》に敷布の上で淫らにのたうった。

「はぁンっ！　んぁっ、……ぁあぁっ、だめ……もうだめっ……ぁっ、あはぁ……っ」

腰の奥からこみ上げる甘美なうねりは、眩暈がするほど気持ちがいい。涙がぽろぽろとこぼれ、灼けつくほどの快感に髪を振り乱して悶える。

覚えたばかりの快楽の極みに向け、アルテイシアはひと息に昇り詰めていった。

「オリヴァ……ぁぁぁ……！」

汗の浮いた上体をこわばらせ、彼の指を受け入れた秘部を突き上げるようにして極まる。

そんな姿を見られているというのに、もはや羞恥は感じなかった。そんな自分を目にして、ごくりと喉を鳴らす彼の反応に感動すら覚えてしまう。

「アルテイシア、もう我慢できない……っ」

ぬるりと指を引き抜いた彼は、自身の脚の間で大きくそそり立つ欲望を蜜口に押し当ててきた。ほぼ同時にアルテイシアの両の膝をつかみ、あられもなく押し開く。

「……なるべく、優しくするから……」

「ん……」

アルテイシアがうなずくのを待って、彼はぐぶりと、淫唇に熱い先端を埋め込んできた。

「オリヴァ、……ぁあっ……」

重い灼熱《しゃくねつ》の塊を押し込まれたかのような感覚に思わずうめく。隘路《あいろ》をめりめりと引き伸ばしながら、熱塊は少しずつ奥へと押し入ってきた。

「ひっ、ぅ……っ」

柔らかい内壁を限界まで伸ばされる痛みに、ぎゅっと目をつぶる。

そんなアルテイシアの目尻にキスをして、オリヴァーは、まるで自分のほうがつらそうな顔でささやいてきた。

「力を抜いて。そうすれば少しはマシなはずだから……」

「オ……リ、ヴァ……っ」

短く浅い呼吸の合間に呼ぶと、彼はそれに応えるように、くちびるにキスを落としてくる。

なだめるように、励ますように、小さなキスをくり返す。

「アルテイシア、頼む。お願いだから私を受け入れてくれ……っ」

痛みから逃げようと、ついつい敷布をずり上がってしまうアルテイシアの身体を、すがるようにして抱きしめた後、彼は体重をかけて屹立を押し込んできた。

「……あ、……はぁ、ぅ……っ」

少しばかり乱暴な仕草は、必死さの裏返し。そう思えば、身体はともかく心は愉悦に痺れてしまう。

ややあって彼の動きが止まった。どうやら大きな熱塊はすべて埋め込まれたようだ。

自分の上で汗をにじませ、荒い息をつく夫を、アルテイシアは涙を浮かべた目で見上げる。

「……私、あなたのものに……なれたのね？」

「そう。そして私は、丸ごとすべて君のものだ……っ」

彼は感極まったようにアルテイシアを抱きしめてきた。

「全身全霊をかけて君を愛すると誓うよ」

真摯にそう言うオリヴァーの目にも涙がにじんでいる。それをじっと見つめながら、

「わたしもよ」と想いを込めて返すと、甘くちびるがふさがれた。

ひとつになった状態で口づけを交わすと、自分がどこまでも彼に征服されているかのように感じる。

アルテイシアもまた彼のたくましい身体に両腕をまわし、肌と肌とを重ね合わせて官能的な口づけに浸る。

「君を愛おしいと思う気持ちが、私のすべてだ。他に私を満たすものはない」

キスの合間に、オリヴァーが真剣な面持ちで訴えてきた。

蕩けるようなキスと、焦れた光を浮かべるムーンストーンの瞳に、下腹の奥がきゅんと疼く。

熱杭を柔らかく締めつける感覚が伝わったのだろう。彼はふと瞬きをした後、ゆらりと腰を動かした。

「あンっ……」

深々と埋められた灼熱を胎内《たいない》でゆるく揺さぶられ、くぐもった啼《な》き声が漏れる。慣れてしまえば痛みばかりではなく、鈍い愉悦がにじみ出してきた。そのことにとまどうアルテイシアの腰をつかみ、彼はさらに根本まで押し込むように、ぐっと下肢を押しつけてくる。

「あぁ……！」

内奥を甘く疼かせる淫悦がさらにふくらみ、蜜口から新たな愛液があふれ出す。

ぐぷぐぷと屹立が動くのに合わせて、包み込む蜜洞もまた甘えるように絡みついた。彼は、その感触を雄茎全体で感じ取ろうとでもいうかのように、ゆったりとした抜き差しをくり返す。

ほどなく、はぐされた媚壁と共に、アルテイシアの官能は熱く蕩けていった。

彼の雄茎が前後するごとに、蜜壁をこすられ、あるいは臍裏《へそ》の感じやすいところを捏ねられ、あられもなく淫らな声を張り上げる。

「あンっ、あぁっ、ぁっ、……はぁン、ぁンっ……あぁぁっ……！」

感じれば感じるほど、淫路はいっそう柔らかくうねり、初めてなりに中のものを懸命に締めつける。

ぐぷっぐぷっと中を攪拌《かくはん》していたオリヴァーが、汗をしたたらせつつ、陶然とつぶやいた。

しまう。
「かわいくて淫らな私の花嫁……」
何度も腰を打ちつけられて、そのたびに内奥で弾ける喜悦に、びくっびくっと反応して
しまう。
と、それに煽られるように、硬くて熱い楔《くさび》の動きが次第に大きくなっていく。
勢いのついた抽送は、ほどなく身体が上下に揺さぶられるほどになった。アルテイシア
は夫の胸にしがみついて耐えるも、ごつごつと内奥を突く甘美な衝撃に、早くも限界を迎
えそうになり、髪を振り乱して煩悶《はんもん》する。
「だめぇっ、……それ、だめぇぇ……！」
身体の浮き立つような快感に見舞われ、打ちふるえながら啼き喘ぐ妻を、彼は「かわい
い」「かわいい」とくり返しつぶやき、目を細めて見下ろしてくる。
「アルテイシア。もっと感じて。もっと乱れて……っ」
誘う言葉と共に幾度となく熱杭を打ち込まれ、苦しいほど甘やかな快楽に懊悩《おうのう》しながら、
猥《みだ》りがましく腰をくねらせた。中を捏ねまわす雄茎に、敏感になった媚壁を擦りたてられ
ると、もうたまらなく気持ちよく、自ら腰を突き上げて感じてしまう。
すると、新妻のそんな痴態《ちたい》を目にしたオリヴァーが、ますます激しく腰をたたきつけて
くる。はち切れんばかりにふくれた熱杭を奥の奥まで鋭く打ち込みながら、熱に浮かされ
るように言う。

「あぁ……君が、こんなにも私を欲しがってくれてる。なんて幸せなんだ……」

「……幸せ、っ……なのは、……わたし、のほう……っ」

大きく揺さぶられながら、喘ぎ混じりで必死に応じる。しかし彼は首を振り、張り合うように返してきた。

「いいや、私のほうが幸せだ。君にはわからないよ。私が今、どれほどの至福の中にいるのか……」

「んんっ……っあ、あっぁっ！　……あっ、あぁっ……やぁっ、そんなに、しちゃぁっ、ぁあぁ……！」

内奥を抉《えぐ》るようにずんっずんっと突かれ、ひっきりなしに小さな絶頂の波が押し寄せてくる。

肌と肌を打つ音が聞こえるほど激しい抜き差しに——ぐぶぐぶと突き込まれる熱杭がもたらす太い快楽に、じっとりと汗ばんだ身体を絶え間なくひくつかせる。

硬い切っ先で内奥を穿《うが》たれるたび、頭の中で白い光が弾けては消えた。

「あぁっ、おくっ……おく、だめぇっ……かんじちゃう……、かんじすぎちゃうっ、からぁぁ……！」

半泣きでの訴えは、満足そうな声に包み込まれる。

「いいよ。ふたりで我を忘れてしまおう。何もかも忘れて、快楽だけに溺れよう——」

そう言うと、彼は剛直を抜け落ちるほどに大きく引き抜いてから、奥深くまでひと息に押し込んできた。

「アルテイシア、もっと私に溺れて……っ」

そのまま下肢を強く押しつけ、熱い亀頭で最も感じてしまう箇所をぐりぐりと抉ってくる。

「やぁ、ぁあぁぁ……！」

三回目の絶頂はどこまでも深かった。

頭の芯まで途方もない快楽に染まり、真っ白に漂白された中、きつく締めつける媚壁の中で彼の灼熱が弾けるのがわかった。どくどくと勢いよく迸《ほとばし》る欲望に、達している最中の内奥を容赦なく刺激され、アルテイシアはビクビクと身体を痙攣《けいれん》させる。

「……あ、ぁぁ……！」

気が遠くなるほどの陶酔と、彼の欲望の噴出は長く続き、ようやくそれが治まったとき、アルテイシアは寝台にぐったりと身を投げ出した。

「はぁ、……ぁ、……っ」

力が抜けると、あふれた体液が結合部からドロリと敷布にしたたり落ちる。

オリヴァーもまた息を乱し、アルテイシアの上に覆いかぶさるようにして横たわった。

全身で感じる彼の荒い呼吸と、忙しない鼓動、そして汗をにじませた熱い身体――何もかもが愛おしい。

身体を重ねたまま間近で見つめ合ううち、気がつけばキスをしていた。

共に息の上がった状態であるため、軽いキスをくり返す。

しばらくしてオリヴァーが、汗で額に貼りついたアルテイシアの前髪を指で払いながら訊ねてきた。

「身体は大丈夫？」

「えぇ……」

満たされた気分でうなずくと、彼は改めて抱きしめてくる。

「夢みたいだ。これからは毎晩、君を腕に抱いて眠れるんだね」

甘えるようにそんなことを言い、頬に頬をこすりつけてくる。子供のような仕草にアルテイシアはついクスリと笑ってしまった。

「なに？」

「いいえ。これからはどんな夢を見ても、恐い思いをしなくてすみそうだなって思って……」

「悪夢を見るのかい？」

「ごくたまによ」

軽く応じ、抱きしめてくる彼の背に自分の手をまわす。

隙間なくぴったりと重なると、彼の心臓の音が心地よく肌に伝わってきた。

この感覚には覚えがある。……そう考え、ふと思い出す。

「……小さい頃、恐い夢を見るたびにあなたのベッドに潜り込みに行ったわ」

「よく覚えているよ」

アルテイシアの髪をなで、額にキスをしながら彼は答えた。

「『眠れない』と言うからベッドに入れてあげたのに、君は三分とかからず寝てしまっていた」

「安心したのよ。わたしはあなたにぴったりくっついて、悪夢の不安を吹き飛ばそうとしたの。するとあなたは決まって、『楽しいことを考えれば、もう恐い夢は見なくなる』って言ってくれたわ。覚えてない？」

「そうだっけ？」

「そうよ。わたしはこう返したのよ。『明日のアフタヌーンティーでは、お菓子のお皿を山盛りにしてもらうわ』って。子供だったから、すぐに思いつくのが食べ物だったのね」

「あぁ……うん、思い出した。君が『サンドイッチにはイチゴジャムをぬってもらうの』って言うから、私は『それじゃ甘いものばっかりだ』って答えた。……でもそのときにはもう、君は寝てしまっていたんだ」

間近で視線を交わして、くすくすと笑う。

ふたりで声を殺して笑うのは、まるで子供の頃のようだ。

けれどあの頃とはちがう。これからはもう、ひとりで寝ることはないのだから。

目を細めて見つめてくる相手を——夫になったばかりの最愛の人を、アルテイシアもじっと見つめ返す。誘うように瞬きをすると、彼は顔を近づけてきた。

「甘い甘いイチゴを食べさせてくれ……」

ささやきながら、アルテイシアのくちびるをついばんでくる。

軽くて甘いキスが、愛を伝え合う深いキスに変わり、尽きることのない欲望に溺れるキスとなるまでに、そう時間はかからなかった。

3章　暗雲わきいづる蜜月

アルテイシアは、結婚を機にオリヴァーの家——フィッツベリー家の邸宅へと居を移した。

通常、貴族は領地に豪壮なカントリーハウスを持ち、王都では仮住まいであるタウンハウスに暮らすものだが、クラウンバーグ侯爵は王都にも城館のような大邸宅——通称フィッツベリー・ハウスを所有している。

街区をひとつ占めるほど広大な敷地内には、邸宅の他に、広い庭園と温室があり、一年を通して花が絶えることがないという。

ちょっとしたホールほどの大きさのある温室は、鳥籠のような形をしたガラス張りの建物だった。ガラス張りといっても、アールデコ調の模様を描く真鍮《しんちゅう》の枠があるため、外部の人間がガラスを割って侵入することは不可能。そういう意味でも鳥籠のようだ。

初めてその温室を目にしたとき、アルテイシアは既視感を覚えた。小火で燃えてしまった実家の温室とよく似ているように感じたのだ。

おそらく母は、この温室に似せて作らせたのだろう。その証拠に、この温室で最も力を入れて育てられているのは、母が愛した黒い薔薇である。温室専属の薔薇職人は、黒薔薇はフィッツベリー家が誇る典雅《てんが》な家系の象徴であり、家紋としても用いられていると語った。

実を言えば、アルテイシアは黒い薔薇が少し苦手である。ふり向いてくれなかった母のことを思い出してしまうからだ。

しかしオリヴァーはフィッツベリー家の当主として、新しい黒薔薇を部屋に飾るのを日課にしているという。それを聞いたアルテイシアは、彼の部屋の薔薇を生け替える役目を買って出た。

彼の好きなものであるのなら、自分も好きになろうと決めたのだ。

(少しでもオリヴァーの役に立ちたいもの……)

心の中で名前をつぶやき、笑顔を思い浮かべるだけで、ぽっと光が灯ったような心地になる。

手の中で花開く黒い薔薇に向けて、小さくつぶやいた。

「愛してるわ、オリヴァー……」

新婚生活は、控えめに言っても申し分ないほど幸福に満ちたものだった。

朝は出かけるオリヴァーを見送り、温室で新しい薔薇を切って彼の書斎の花瓶に生ける。その後、クラウンバーグ侯爵夫人として他の貴族の夫人たちとの社交にはげみ、あるいは侯爵家の運営する慈善事業に参加し——彼が忙しくないときは、帰宅した彼と午後のお茶を楽しむこともある。

夜になると夫婦そろって舞踏会、晩餐会、観劇などに出席し、社交界で仲睦まじい姿を見せる。

夜はひと晩も欠かすことなく、あふれるほどの愛を交わし合い、そしてまた新しい一日を迎える……。

忙しくも、何不自由ない暮らしはあっという間に過ぎ去り、気がつけばひと月が経っていた。


「まったく、あなたたちは！」

その日の朝、温室から戻ったアルテイシアは、玄関ホールに足を踏み入れたところで、誰かを叱りつける声に気がついた。

日よけにかぶったボンネットのリボンを外しながら、優美なカーブを描く階段をのぼっていったところ、年輩のメイド頭が、年若いメイドたちに向けて声を張り上げている。

「こんなものをお屋敷に持ち込むなんて……!」

彼女は何やら片手に新聞をにぎりしめ、うなだれる三名のメイドたちを厳しく見据えていた。

「どうしたの?」

声をかけると、メイド頭はあわてたようにふり向く。

「これは奥さま……っ。いえ、お気を煩《わずら》わせるようなことでは……」

そう言いながら、彼女はさりげなく新聞を背後に隠した。

アルテイシアは手を前に出す。

「その新聞は何?」

「いけません。低俗なタブロイド紙にございます」

「見せてくれる?」

「いえ、どうか……」

「またオリヴァーの悪口が書かれているの?」

重ねて訊ねられ、メイド頭は渋々といういうていで新聞を渡してきた。

それに目を通し、アルテイシアはため息をつく。

「……ぜんぶデタラメよ。彼は親戚の人たちと確執があるから」

「申し訳ありませんでした……っ」

若いメイドたちは、メイド頭にうながされるようにして、お辞儀をしてそそくさと去っていった。

「ふぅ……」

目立たぬよう新聞を小さくたたんでいた、そのとき。

「どうした？」

ふいに声をかけられてアルテイシアは飛び上がった。

「オ、オリヴァー……っ？　出かけたのではなかったの？」

「ちょっと忘れ物をしてしまったので戻って来たんだ。……その新聞は？」

「――……っ」

とっさに身体の陰に隠したものの、彼はアルテイシアの手から新聞を抜き取ってしまう。

「貸して」

「あっ、……」

彼が内容に目を通すのを、気まずい思いで見守った。

クラウンバーグ侯爵の親戚とやらの証言と題して、ひどい記事が載っているのだ。

曰く、『放火して実の叔母を死なせただけではない。侯爵はまだほんの子供の頃、親戚の少年に一生傷の残るようなひどい暴力をふるったことがある。まさに常軌《じょうき》を逸した所業だった。他にも、かわいがっていた犬を井戸に投げ落として殺したこともある。いつ何をしでかすかわからない人間だ』とのこと。

「恐ろしい内容だな」

小さく笑う彼の出で立ちは、今日もシャツ以外は、シルクハットから靴に至るまで黒一色である。カフスボタンも漆黒のジェット。胸には装飾として黒い薔薇を挿している。

それは彼の秀麗な顔立ちと、冴え冴えと輝く銀の髪の魅力をいや増しているが、美しくも禍々しいその装いこそが、おかしな噂話を助長させてしまうようだ。

アルテイシアは憤然と返した。

「腹が立つわ！　あなたが親戚と交際を断《た》って、結婚式に呼ばなかった理由がよくわかるわよ」

結婚式の後、オリヴァーから彼と親戚たちの確執について聞いた。何でも母親がメイドだったということで、子供の頃にさんざんいやな思いをさせられたらしく、極力関わるのを避けているらしい。

彼に嫌がらせをする人間は、アルテイシアにとっても敵である。

暖炉に火を入れて燃やしてしまおうと、オリヴァーから新聞を奪い返したところ、彼はふと意味ありげに口の端を持ち上げた。

「……私が君に話したことこそがデタラメで、新聞の記事が真実かもしれないとは思わないのかい？」

おかしな問いに、アルテイシアはきっぱりと返す。

「いいえ」

彼は結婚してからひとつだけ変わった。

時々、こうしてアルテイシアを試すような問いを投げかけてくるのだ。

まるで彼が、アルテイシアの知る彼ではないかのようにほのめかし、それでもついてくるのかと訊ねてくる。もちろん答えは決まっていた。

「数年に一度しか会わない彼らよりも、毎日一緒にいるわたしのほうが、あなたのことを正しく理解しているに決まってるでしょう？」

親戚たちとの間に何があったのか、くわしいことはわからない。しかし平気で人を中傷する記事を新聞に書かせる相手だ。ろくな神経をしていないのは確かだろう。

「私はあなたを信じるわ。こんな記事にまどわされたりしな、い――っ……」

言い終わるのを待たずに、オリヴァーはアルテイシアを抱きしめてきた。

「アルテイシア。……アルテイシア。……君は私の命そのもの。君なしでは一日たりとも生きられない……！」

かき抱くような抱擁《ほうよう》は強く、深く――重なる鼓動に、アルテイシアはたくましい腕の中でうっとりと目をつぶる。

「わたしも……あなたがいるから毎日が幸せよ」

「今日は午後の約束を断って一度帰ってくるよ。ふたりでゆっくりお茶を飲もう」

「本当？　それならうんと豪華なアフタヌーンティーを用意しておくわ。お菓子をたっぷり盛りつけてもらうの。もちろんサンドイッチの中身はイチゴジャムよ」

腕の中で返すと、彼はくすくすと笑って応じた。

「甘いものばかりだな」

それはそれは幸せそうに。


約束の通り、オリヴァーは午後に一度帰宅した。

アルテイシアは夫を迎え、ふたりで図書室に向かう。天井まである本棚にぎっしりと書籍の詰まったその部屋は、オリヴァーのお気に入りの場所なのだ。

さほど大きくない窓からは、ほどほどに光が射し込み、オリヴァー専用の背の高い古風な肘掛け椅子と、ティーテーブルを柔らかく照らす。アルテイシアが来てからは、ふかふかの椅子がひとつ追加された。

オリヴァーがいる日、執事はかならず図書室にアフタヌーンティーの用意をする。

主人が、そこでの夫婦水入らずの時間を何よりも楽しみにしていることを知る執事は、ふたりが互いしか目に入らない様子で会話を交わす中、テーブルに真っ白なクロスを掛け、白磁器のティーセットと共にケーキやスコーン、軽食を並べ、お湯の入った銀のケトルを置いたワゴンを残して去っていく。

遊び半分に、さくさくのスコーンを互いに食べさせ合い、それが終わる頃には、アルテイシアは肘掛け椅子に座る彼の膝の上にいた。いつものことだ。

ソーサーとティーカップを手に、夫の胸に頭を預け、ふと思いついたことをつぶやく。

「……わたしがこんなふうに幸せでいる分、両親のことを思うと少しだけ切ないわ」

「なぜ」

「父は母を深く愛していたけれど、母はそうではなかったから……。気づいていたでしょう？」

「まぁ薄々は……」

オリヴァーの返答は控えめだった。しかし彼が知らないはずはない。

ヴィンタゼル夫妻の不仲は、社交界でも有名であったのだから。

「母には、結婚前に想い合う人がいたんですって。でもお父様が、お祖父さまのお気に入りだったたから……」

アルテイシアの祖父とは、先々代のクラウンバーグ侯爵である。

父のギルバートは若い頃、実業家としての手腕を買われ、侯爵家の交易事業を一手にまかされていた。そんな中で主人の令嬢だったイレーネに惚れ込み、事業で大きな成功をおさめることで娘婿の座を獲得したのである。

侯爵家に莫大な利益をもたらしたギルバートに、侯爵は周囲の反対をものともせずに娘を与えた。

大貴族の娘が平民に嫁いだと、当時は大変な話題になったらしい。

「お父様は、お母様のためにいつも一生懸命だったわ。商会を創って独立して、事業を拡大させて、お母様に信じられないくらいの贅沢《ぜいたく》をさせて、どんなわがままも許して。あの温室だって……」

結婚に際し、母は実家から黒い薔薇の苗を持ってきた。そしてそのための温室を建てるよう求めたのである。

黒薔薇は手入れが非常に難しく、特別な設備と高価な肥料、専門家による頻繁な剪定《せんてい》を必要とするなど、非常にお金がかかった。その上、母は薔薇にほんの少しの負担もかけまいと、温室に誰も入れようとしなかった。

そのくせ自分は温室に入り浸り、めったに外に出てくることがなかった。

父は、そんな妻の独りよがりな道楽にもいやな顔ひとつせず、好きにさせていた。

「それなのに、お母様がお父様を受け入れることはなかったのよ」

それどころか、平民でありながら強引な手段で結婚を迫ったと毛嫌いしていた。また、娘であるアルテイシアのことも、ほとんど気にかけなかった。おそらくギルバートとの間に生まれた子供であるために。

「子供の頃は、お母様のことを勝手だと思っていたけれど……、今なら気持ちがわかる気がするわ。好きな人と引き離されて、家の都合で他の人と結婚させられることが、どれだけつらいか……っ」

「両親の不仲に、君も胸を痛めていたね」

「お父様もお母様も、どちらも哀しいわ。想いが届かないというのは……」

父は、最後まで母から愛されることはなかった。

にもかかわらず、母の死後、まるで別人のように無気力になってしまった。事業への熱はすっかり冷め、商会の経営が傾いていくのをただ緩慢《かんまん》に見守り、そして——

夫の胸に頭を押しつけ、アルテイシアはふるえる声をしぼり出す。

「……オリヴァー。もしかしたら……父は、自ら命を絶ったのかもしれない……っ」

そんな疑いをアルテイシアの中に遺して、この世を去ってしまった。

悲しみがこみ上げてくる。

「きっと……わたしでは、父の心をつなぎ止めることができなかったんだわ……」

「ご両親を弔《とむら》うために君にできることがあるとすれば、幸せになることだけだ」

小刻みに肩をふるわせ、声を押し殺して泣くアルテイシアを、オリヴァーは長い両腕をまわして優しく抱きしめてきた。

「私たちはいつまでも愛し合って生きよう。君を手放したりはしないよ。――決して」

想いのこもったささやきに、くり返しうなずく。

（そうであってほしい……）

けれど、なぜだろう。心配など何もないはずなのに。

幸せが大きくなればなるほど、こんな日が続くはずはないという不安もまた、日に日にふくれ上がっていく。

両親の不幸をよそに、自分だけ恵まれて生きていけるはずがない――漠《ばく》としたそんな予感は、ふとした瞬間に湧き上がり、アルテイシアの胸を苛《さいな》んでしかたがなかった。

⚜ ⚜ ⚜

屋敷の空気を母の悲鳴が切り裂く。

『いやです、放して！　さわらないで、けだもの！　けだもの……!!』

薄暗い廊下の先にぽっかりと口を開けたような、真っ暗な父の寝室の入口から、もがく母の白い腕がのばされてくる。

しかし華奢《きゃしゃ》なその手にふれるものは何もなく、虚《むな》しく宙をつかんだ白い手は、闇の中に引きずり込まれて消えていく。

『いやぁぁぁぁぁ……っっ』

悲嘆の声に吹かれるかのごとく、飛び散った薔薇の黒い花びらが、その場にひらひらと舞い落ち――


「……いや……っ」

アルテイシアは小さく悲鳴を上げて飛び起きた。

恐ろしいものに追われる心地であたりを見まわし、見慣れた景色を目にして我に返る。

そこは夫の寝室だった。毎夜オリヴァーと甘い時間を過ごす場所である。

(夢……)

早鐘を打つ心臓を押さえ、アルテイシアは深い息をついた。

その横から、オリヴァーがくぐもった眠そうな声をかけてくる。

「……どうしたんだい？」

「恐い夢を見たみたい。ごめんなさい……」

鼓動が落ち着いた頃になって、ふたたび寝具の中に身を横たえると、オリヴァーが背中から抱きついてくる。

「どんな夢？」

「……なんだったかしら。忘れちゃった……」

「なんだい、それ」

耳元で彼の苦笑する気配が伝わってきた。

だが本当は覚えている。あれは幼い頃の記憶だ。

昔、一度だけ——いやがる母を、父が有無を言わさず寝室に引っ張り込むのを目撃したことがある。

母親は叫んで逃げようとしていたが、寝室の扉の中に引きずり込まれていった。

その後、部屋の中からは動物的な声が聞こえてきた。

立ちつくすアルテイシアに気がついたオリヴァーがあわてて駆けつけてきて、すばやくその場から連れ出してくれたのだ。

(あれは……。あれは、きっと……)

重い気持ちに蓋《ふた》をして、自分を抱きしめる夫の腕をなでる。

カーテンからはわずかに光が射し込んでいた。もう夜は明けているようだ。

「起こしちゃった……?」

「少し早めに起きるのも悪くないかも」

低い声が応じて、腰にまわされていたオリヴァーの手が、もぞもぞとアルテイシアの下肢をいじり始める。

「あ、待って……」

制止にかまわず、指は前方の真珠を捏ねまわすように悩ましく動いた。アルテイシアは、何とかそれを止めようとする。

「だめよ、もう……朝……っ」

「そんなことを言って。始まったら、拒みきれた試しがないくせに……」

「でもそろそろメイドたちが――あ……っ、」

夜着の上から胸のふくらみをつかまれ、小さく悲鳴を上げた。オリヴァーはそんなアルテイシアの背後からのしかかるようにして、敏感な首筋に口づけてくる。

「……ぁ、……ん、……っ」

くちびるでたどられるだけでもくすぐったい場所を、ねっとりと舐められると、身体の奥からぞくぞくとした愉悦が湧き出してきた。

敷布をつかんで耐える妻の様子を見て、オリヴァーが嬉しそうにささやいてくる。

「すっかり感じやすくなったね。どうして？」

大きな手は、からかうように胸の柔肉を弄《もてあそ》んできた。ふくらみを捏ねまわし、先端を指先で転がし、そこが硬くなってくると、ふくらみに埋め込むように押しつぶしてくる。

アルテイシアは切なく眉根を寄せ、ジンジンと疼く場所への強い刺激に、鼻にかかったような声を上げた。

「……ぁっ、ぁっ……」

「気持ちいい？」

「――んっ……」

自信たっぷりの質問に、アルテイシアはくり返し首を縦に振る。

言葉にできないほど気持ちがいい。

ずっしりとした身体の重みも、重なった背中から伝わってくる熱も、忙しない鼓動も、胸をまさぐる手の感覚も――身体で感じる彼の愛のすべてが。

「誰が、無垢だった君をこんなふうにしたの……？」

耳元で、低い声が笑みを含んで訊ねてきた。

「ちょっとさわっただけで、こんなに乱れてしまう身体にしたのは誰？」

「ぁ、オリヴァー……っ。オリヴァー、あなたよ……あっ、ア……！」

素直に答えたご褒美《ほうび》とばかり、彼の手が脚の付け根に下りてくる。夜着の上からまろやかにそこをなでられ、敷布に突っ伏していたアルテイシアは、あわてて引き寄せた枕に顔を埋めた。そうしなければ、淫らな声を張り上げてしまいそうだったから。

「フゥン……っ」

くぐもった啼き声に気をよくしたのか、彼は夜着の裾をまくりあげ、そこに直接ふれてくる。長い指で秘裂をなぞり、すでににじんでいた蜜をすくい取るようにして、淫核になすりつける。

ジンジンと疼いてしかたのない乳首と、敏感すぎる突起とを、器用な指は同時に責め立ててきた。

「んぅっ、……んっ、……ん、んっんぅ……っ」

朝早い時間から、あられもない声を出すわけにはいかない。そんな思いで必死に声を我慢するものの、それも、続くオリヴァーの悪戯の前に挫けそうになる。

「すっかり元気になってしまったよ。昨日、あんなにしたのにね」

開き直った声が、期待を交えてつぶやいた。

言葉の通り、硬くなっていることを見せつけるかのように、彼は己自身をぐいぐい押しつけてくる。お尻で感じるその昂ぶりに、アルテイシアは枕の中で赤面した。

「……まって、そんな……っ」

くぐもった声で制止する間にも、性感をふたつもいじられ、たっぷりうるんだ淫唇の中に、ぬるりと指が入ってくる。そこは前夜の名残ともいうべき体液も残り、ほどなくぐちゅぐちゅとかきまわす音が響き始めた。

蜜洞を広げるような指の動きに、アルテイシアは頭を振る。

「だっ、だめ、いれちゃ……っ」

「これだけ濡れていれば大丈夫だよ」

それでもやはり朝であることは自覚しているのか、オリヴァーはいつもならうんと焦らす愛撫もそこそこに、うつ伏せだったアルテイシアの身体をひっくり返す。

そしてあお向けにした妻の泣きぬれた顔にキスをして、彼は懇願するようにささやいた。

「どうか、妻を愛しすぎる夫にあきれないでくれ……」

口ではそう言いながら、遠慮する素振りもなく、ぐっと腰を押し進めてくる。

「――あ、はぁンっ……」

硬くいきり立ったものがぬぶぬぶと挿し入れられ――蜜洞をきつく満たし、押し上げてくる灼熱に、身体の芯からぞくぞくと喜悦が沸き立つ。

息苦しいほどたくましい楔を奥まで埋め込まれ、アルテイシアは胡桃色の髪を揺らして首を振った。

「やぁぁ……っ」

思わず逃げを打った腰をつかんで引き寄せられ、さらにずんっと奥まで突き上げられる。

「あぁっ、……ぁんッ、……ンッ、……ぁアっ、……ぁんッ！」

深々とつながったまま、ぐぷっぐぷっと中を捏ねるように動かされれば、もたらされる快楽に身も心も蕩け、言いなりになるより他なかった。

結婚してひと月と少し。

蜜月と呼ばれる時期も過ぎつつあるというのに、オリヴァーはあいかわらず暇を見つけては情熱的に求めてくる。

夜だけでは足りないと、機会があれば、こうして明るい時間にすら始めてしまう。

しかし夜も朝もないのは、こちらだけの事情だ。すでに働き始めている使用人たちは、それぞれの務めを果たすべく、屋敷の中を行き来している。いつこの部屋に入ってこないとも限らない。

アルテイシアはそれを心配しているのだが、オリヴァーは一度その気になってしまうと我慢ができないようだった。

そして始まってしまえば、なしくずし的に押し切られてしまう。それに関してはアルテイシアにも責任がある。

大好きな夫から舌舐めずりするようなほほ笑みを向けられれば胸が期待に高鳴り、器用な手になでまわされれば、たちまち身体が燃え立ってしまうのだから。

ことに細くて長い指で秘処をいじられては終わりだった。

口ではあれこれ言いつつも、自ら求めるように腰が動いてしまう。

「んっ、……ぁっ！　……」

きつく背筋をしならせ、甘い悲鳴を張り上げるアルテイシアの腰をつかみ、オリヴァーは下肢を押しつけるようにして熱杭を突き上げてきた。

感じすぎてしまう奥ばかりを穿たれた結果、アルテイシアはほどなく達してしまう。

「……アぁぁっ……！」

身を灼く激しい陶酔に酔いしれていると、茎全体をきつく悩ましく締めつける蜜洞の中で、オリヴァーの欲望もまた果てた。

事が終わると、夜着の上にガウンをはおりながら、彼が含み笑いで声をかけてくる。

「メイドが、中に入ってもいいか扉の前で様子をうかがっているようだ。入れてもいいかい？」

赤裸々な問いに、アルテイシアは羞恥に顔を染め、大きく首を振った。

「ダメ……っ、ちょっと待って……」

乱れた呼吸を急いで整えた後、のろのろと枕から頭を上げる。

拗ねた口調で言うと、彼は笑ってキスをしてきた。

「いじわるな人ね……！」

「君があまりにもかわいいからだ」

重ねたくちびるは、次第に深くからみ合っていく。

ややあって彼は苦笑をまじえ、名残惜しげに顔を離した。

「きりがないな」

「そろそろ時間よ。支度をしないと……」

アルテイシアもまた後ろ髪を引かれる思いで、夜着の上にガウンをはおる。

その身体を、オリヴァーが最後の一度とばかりに抱きしめてきた。

「今日の予定は？　できれば午後、一緒に公園を散歩したいのだけれど……」

「今日は午前中に商会を訪ねた後、実家に戻って、売りに出す前の最後の点検をするつもりよ」

「あぁ……」

結婚してオリヴァーの屋敷で共に暮らすことになったため、アルテイシアが生まれ育った実家の屋敷は手放すことにしたのだ。家具調度の整理はすでにつけていたが、あの家の主として訪ねることのできる最後の機会となるはずなので、いちおう足を運んでおきたい。

事情を聞いたオリヴァーは、「そうか」とうなずいた。

「では夕方に、いつものティーハウスで待ち合わせるのはどうかな？」

「いいわ」

小さくうなずいて、アルテイシアは夫のくちびるに小さくキスをする。

愛している人と以外、こんなことはできない——そんな思いを噛みしめつつ、宙をつかむ母の白い手を思い出すまいと、固く心の目を閉じた。

⚜　⚜　⚜

ヴィンタゼル家の屋敷は、王都の郊外にある。

フィッツベリー・ハウスから馬車で三十分ほど揺られた末、それぞれ立派な門構えを見せる資産家の屋敷が建ち並ぶ一画に、見慣れた煉瓦《れんが》造りの屋敷が見えてきた。

門扉を越え、曲がりくねった前庭の道を進んだところで、馬車は車寄せに到着する。そこにはすでに大勢の元使用人がそろっていた。

若草色のサテンのドレスに、同じ色の、踵の高い靴を合わせたアルテイシアが馬車から姿を現すと、彼らは取り囲むようにして迎えてくれる。

「アルテイシア様……！」

「みんな、元気そうね。よかった」

屋敷は明日から売りに出されるため、今日は、長いことここで働いてくれていた使用人たちも招待したのだ。

実家で働いていた使用人は、多くがオリヴァーによって紹介状を持たされ、それぞれ立派な落ち着き先を見つけていた。年老いた者たちは、オリヴァーから充分な見舞金を受け取り、田舎に戻ったり、子供たちの家に身を寄せたりしているという。

今日はそういった者たちが久しぶりに顔を合わせ、再会を喜ぶ場となった。

ひとしきり屋敷の中を見てまわり、名残惜しんだ後には、自然と広い食堂に集まり近況の報告に花を咲かせる。

「困ったことがある人は相談してちょうだいね」

アルテイシアの言葉に、メイドだった女たちは笑顔でうなずいた。

「もったいないお言葉です」

「どうにかこうにかやっていますから、ご心配なく」

「それより、お嬢さまは大丈夫ですか？　ずっと心配していたんですよ。旦那様があんな形で――」

「これ！　めったなことを言うものじゃないよ」

自分より年かさの彼女たちは、アルテイシアが子供の頃から、親戚の子供を気にかけるように何かと面倒を見てくれていた。

よって心配と好奇が半々の問いにも、アルテイシアは笑顔で答える。

「わたしは幸せよ。何も問題はないわ」

すると彼女たちは満足そうにうなずいた。

「安心しましたわ」

「本当に。今だから言いますけど、オリヴァー様はよく旦那様を訪ねていらしていたんですよ。お嬢さまに会わせてほしいと」

「……え？」

アルテイシアは目を瞬かせる。元メイドたちは互いにうなずき合って続けた。

「それはもう何度も何度も、このお屋敷にいらして……」

「でも旦那様は決して面会をお許しになりませんでした。そりゃあ、奥さまのことがあったから、気持ち的に複雑だったのかもしれませんけど……、毎回必死に懇願しては邪険に拒まれるオリヴァー様が、どうにもお気の毒で……」

「本当にねぇ」

「待って」

流れるように続く会話を遮って、アルテイシアは割って入る。

「何の話？　知らないわ、そんなこと……」

困惑まじりの問いに、女たちは目線を交わした。

「お許しくださいまし、お嬢さま。使用人は皆、旦那様から固く口止めされていたのです」

「面会だけではありません。オリヴァー様は、お嬢さまとの結婚をくり返し旦那様に申し入れてもいましたよ」

「私も見ました。お茶をお持ちしたとき、オリヴァー様は床に這いつくばって旦那様にお嬢さまとの結婚の許可を求めていらっしゃいました。それなのに旦那様は、そんなオリヴァー様を杖で打ち据えてらして……」

「——なに……それ……」

杖で打ち据える？

耳にした言葉が到底信じられず、アルテイシアは首を振る。

「まさか。……あの温厚な父が……」

しかし元メイドたちは、気まずそうに目を伏せた。

「お嬢さまはご存じなくていらっしゃるかもしれませんが……旦那様は、普段はお優しい方でしたが、激昂されると時々手のつけられないところがおありでした」

「とりわけ奥さまのこととなると箍《たが》が外れやすく……。奥さまが呼び寄せた薔薇職人など、いったい何人、旦那様に暴力を振るわれて辞めていったことか……」

「温室でふたりきりになったと、ひどく嫉妬されて、たびたび杖で打たれていました」

「やめて……！」

記憶の中の父が穢されるようで、アルテイシアは両手で耳をふさぐ。

「父は立派な人だったわ。公平で、思いやりに満ちて――商会の従業員にも、使用人にも慕われていた。……そうでしょう？」

「ええ、おっしゃる通りです」

一番年かさのメイドが、その場に満ちたおかしな空気を払うように言った。

「わたしたちは皆、旦那様にお仕えできてよかったと思っております」

断固とした言葉に、別の女が明るく続ける。

「そうですよ。色々ありましたけど、最後はおさまるところにおさまったのです。お嬢さまがお幸せだと聞いて安心しました。――ねぇみんな？」

同意を求めるセリフに、メイドたちは次々とうなずいた。

そんな中。

「そうでしょうか？」

静かな声が、その場をシンとさせる。

発言したのは、四十をいくつか越えたくらいと思われる、アルテイシアもよく知る古株のメイドだった。

「ジャニス。どういうこと？」

意味ありげな発言の先をうながすと、ややあって彼女は、意を決したように口を開く。

「言うかどうか迷いましたが……、お嬢さま。噂があるんですよ」

「ジャニス、おやめ！」

止めようとする声を手で制し、アルテイシアは重ねて訊ねる。

「噂って……何？」

「旦那様が事故に遭われた日、オリヴァー様が同じ船に乗り込むのを見たという者がいるらしいんです」

「――――……」

一瞬、何を言われたのかわからなかった。

そして意味を把握するや、大きな衝撃を受ける。――自分の知らないところで、そのような疑惑が存在していたことに。

「なんて……バカなこと……！」

強い口調で一蹴したアルテイシアを、女たちは心配そうに見つめてきた。

不安に揺れる目が言っている。もしかしたら、アルテイシアはだまされているのではないかと。

恋に盲目となり、父親の仇を、そうとは知らずに愛しているのではないかと。

気づまりな沈黙が流れる。

（そんな心配、されるだけでも心外だわ……！）

彼女たちの気遣いは度が過ぎている。

あまりにも腹が立ち、アルテイシアはそれ以上、平気な顔でその場にいることができなかった。

「……帰ります。みんなはゆっくりしていって」

足音も高く屋敷を後にすると、御者に行き先の変更を伝えて、馬車に乗り込む。

なんとしても、これ以上バカげた噂が流れることを阻止しなければならない。

動き出した馬車の中で、アルテイシアは手にしていた小物入れ《レティキュール》を固くにぎりしめた。オリヴァーの名誉を守るのは、妻としての責務でもあるのだから。

「アリィ？　どうしたの？　こんなところまで……」

フロアには机がたくさん並んでいるようだ。ようだ、というのは、どこもかしこも新聞や書類その他に埋もれており、机そのものは見えないためである。

初めて足を踏み入れた新聞社で、目当ての相手は、山のように積まれた紙束の間からひょっこりと顔をのぞかせた。

「あぁ、いた。カティア。ちょっと話が……」

「待って！　その、ふんだんにペチコートを仕込んだスカートで近づいてこないで。書類という書類に引っかかって大変なことになるわ」

言葉の通り、アルテイシアの周囲では、次々に書類の山の崩落が発生していた。ヴィンタゼル商会のフロアも大概雑然としているが、この新聞社には遠く及ばない。

おまけにほぼ全員が葉巻を吸っているようで、あまりにも煙たい。右を見ても、左を見ても、もくもくと煙が立ち上っている。

せまい通路で立ち往生していると、カティアはくずれた書類の束を積み重ねながら言った。

「すぐ休憩を取るから、下の公園で待ってて」

ぞんざいな指示に従い、新聞社近くの公園のベンチに腰かけて待つこと少し。

公園と言っても、区画整理に取り残された広場といった感じの場所だ。気取って散歩をする富裕層の姿はなく、代わりに子供たちが大きな声を上げて走りまわっている。

見るともなくそれを眺めていると、カティアが小走りでやってきた。

鳶《とび》色のすっきりとしたデイドレス姿である。もちろんペチコートはつけていない。いかにも知的で活動的な職業婦人という出で立ちだ。

「お待たせー。話って何？　愛する旦那様に女の影でも？　うちはわりと堅めの新聞だから、そういう記事は出しにくいのよね」

冗談まじりに言う彼女に、アルテイシアは何とか笑顔を返したつもりだったが、うまくいかなかった。

こわばった表情に、カティアは眉根を寄せて首をかしげる。

「ちょっと……。本当に何かあったの？」

「相談に乗ってほしいの。あのね……」

アルテイシアは先ほど元メイドたちから聞いた話や、ジャニスの衝撃的な証言について、くわしく打ち明ける。

カティアの反応はあっけらかんとしたものだった。

「またどえらい問題が出てきたもんだわね」

「何かのまちがいよ！　そんなはずないわ！」

　つい感情的に声を張り上げてしまってから、それに気づいて声を落とす。

「彼女たちは、お父様とオリヴァーとの間にあったことへの漠然とした不安から、悪いほうに考えすぎているのだと思うわ。ただ……ちがうと言いきるだけの根拠もなくて……」

「ふむ……」

　カティアはくちびるに指を当てて首をかしげた。

「つまり、そのジャニスっていうメイドの話を否定する証拠が欲しいってこと？」

「えぇ。それと、父の事故について詳細を知りたいの。実は……知らせを受けたときはひどく気が動転してしまって、結局、くわしいことを聞いていないものだから……」

　父が死んだときのことを思い返し、アルテイシアはくちびるを噛む。

　実を言えば、第一報が入ったときのことはよく覚えていない。頭を殴られたかのようなショックを受けてしまい、しばらく放心状態だったのだ。そのあげく警察から、自殺かもしれないなどと言われたため、とにかく無我夢中でそれを否定したのだけは覚えている。

「何て言って否定したの？」

　カティアの問いに、当時の記憶をたぐり寄せた。

「たしか……警察の調書に書かれていた証言を盾に取ったのよ」

「証言？」

「事故が起きたと思われる時刻に、何人かの船員が『助けてくれ』って叫ぶ父の声を聞いてるの。だから、誤って船から落ちそうになった父が誰かに助けを求めて……でも近くに誰もいなくて、落ちてしまったのではないかって、わたしは言い張ったの」

「なるほど」

職業柄か、カティアは手帳を取り出してメモを取っている。

鉛筆をこめかみに当ててしばし考えた後、彼女はぱたりとそれを閉じた。

「いいわ。アタシが調べてあげる。アリィが自分で調べるのは、大事な旦那様の手前、難しいだろうしね」

片目をつぶって言う相手に、安堵のため息をつく。

「……ありがとう」

「大丈夫。きっとおもしろおかしく広がった噂話よ。……じゃあ、アタシはこれで」

忙しなくハグをして、カティアは仕事場へと戻っていく。その精力的な後ろ姿を、まぶしい思いで見送った。

昔から、男性にも負けないくらい優秀でパワフルな彼女は、アルテイシアをはじめとする同世代の少女たちにとって、ちょっとした憧れの存在だったのだ。

そんなカティアから「大丈夫」と言われ、ずっしりと不安に沈んでいた気持ちが、ずいぶん軽くなったように感じる。

彼女にまかせておけば大丈夫だ。きっとオリヴァーへの妙な疑念を払拭してくれるはず。

アルテイシアは来たときよりもはるかに軽い足取りで、近くに待たせていた馬車に向かった。


その日、家に戻ったのは午後の三時を少し過ぎた頃だった。

オリヴァーとの夕方の待ち合わせまでにはまだ時間がある。

(着替えようかしら……)

彼と散歩の約束をしたのは、街の中心部にある王立公園である。元は貴族の荘園だったとかで、今でも美しい景観を誇り、貴族に人気の社交場として知られている。

そんな場所をオリヴァーと歩くのだから、なるべくオシャレをしていきたい。

(この間仕立てた檸檬色のドレスは……少し明るすぎるかしら。夕方だし、もっと落ち着いた感じがいいわね……)

つらつらと考えながら自室に戻り、ふと手にしていた書類に気づいた。

実家の売買契約について詳細を記した書類である。業者から渡されたものの、アルテイシアにはよくわからなかったので、オリヴァーに確認してもらおうと思っていたのだ。

アルテイシアはすぐに部屋を出て、夫の書斎に向かった。絨毯敷きの広い廊下をしばらく歩き、ふたつ角を曲がって行き当たった樫材《かし》の扉を開ける。

そこは調度や書架、壁の羽目板までもが濃い飴色で統一された、重厚な雰囲気の書斎だった。

窓際には、今朝アルテイシアが生けた黒い薔薇が飾られている。そして樫材の執務机の上には書類が整然と並べられていた。オリヴァーの留守中に届いた私信以外の手紙は、すべて執事が開封し、帰宅した主人がすぐに目を通せるようにしておくのだ。

その端に契約書類を置こうとしたアルテイシアは、ふと、ある書類の中に父の名前が記されていることに気づく。引っ張り出して見てみると、探偵社からの請求書だった。

内容は「ギルバート・ヴィンタゼルの調査」とある。

(お父様の……?)

おそるおそるページをめくってみると、内訳として「素行調査、令嬢の婚姻に関する動向調査、ヴィンタゼル商会の最新の財務状況調査」とある。

(……どういうこと?)

書面を眺めつつ頭が混乱してしまう。

請求書には調査結果が添付されていないため、どの程度まで調べていたのかはわからない。しかし。

(こんなことを調べていただなんて……聞いてない……)

ヴィンタゼル家のメイドたちは、オリヴァーが頻繁にギルバートのもとを訪ね、アルテイシアとの面会を求めていたと言っていた。しかしギルバートはそれを撥ねつけ、彼の訪問についても使用人たちに固く口止めしていた、と。

もしそれが本当なら、少なくとも忙しくしていて会いに来ることができなかったというオリヴァーの言葉は嘘だったということになる。

（…………お父様はなぜそうまでして、わたしからオリヴァーを遠ざけようとしたの……？）

不審な請求書の存在に、忘れかけていた釈然《しゃくぜん》としない気持ちが、ふたたびむくむくと頭をもたげた。

オリヴァーがアルテイシアに近づけば、小火で命を落とした母のことを人々が思い起こしてしまうから？　それを避けたかったのだろうか？

だが父にとって彼は濡れ衣を着せた相手である。おまけにオリヴァーは母の名誉のために、だまってそれを受け入れてくれたのだ。

アルテイシアの知る父であれば、何年も経って気持ちが落ち着けば、自らの行いに罪の意識を感じ、償いをしようと考えるはずだ。そういう人だ。

しかし父はそうしなかった。

それに対してオリヴァーは、こんな調査をしていた。

(――いったいなぜ……?)

心の中でつぶやきながら、注意深く請求書を元に戻す。

見てはいけないものを見てしまったような後ろめたさから――そして胸の奥で生まれかけている疑念から逃れるように、アルテイシアはすばやく部屋を出ると足早に自分の部屋へと戻っていった。

結局、夕方の散歩には行かなかった。

何も知らないふりをして、オリヴァーと笑顔で会話する自信がなかったのだ。

もちろん事情を話せるはずもなく、体調が優れないと書いた手紙を使用人に託し、自分は着替えて寝室で休むことにする。

オリヴァーは手紙を読み、飛んで帰ってきたようだ。

「ただいま。……アルテイシア、具合はどうだい?」

帰宅後、彼は真っ先に寝室にやってきた。

後ろから執事が困惑した顔でついてくる。彼は外套を脱ぐことすら忘れていたのだ。

大げさなほどの心配に、アルテイシアは小さくほほ笑んで返した。

「心配ないわ。ちょっと怠《だる》くて大事を取っただけ」

言い終わる前に、オリヴァーは額に手を当ててくる。

「熱はないようだが……疲れが出たのかもしれないね。夕食は？」

「……今日はいらない。食欲がないの」

「ダメだ。食べやすいものを運ばせるから、何か少しでもお腹に入れてくれ」

「でも……」

「何も食べないのは身体に悪いよ。頼む。私のためだと思って」

彼はアルテイシアの手を取り、必死に訴えてきた。こちらを見る瞳には真摯な光が浮かんでいる。

（オリヴァー……）

彼が自分を想ってくれる気持ちに嘘はないと思う。こんなにも懸命にアルテイシアを気遣う態度が、偽りであるはずがない。

「……わかったわ。じゃあスープだけ」

そう言うと、彼はホッと息をついた。

「よかった。食べている間、ここにいてもいいかい？　夜には出て行くから。……名残惜しいけど、今夜ばかりはね」

悪戯めかして言う相手に向けてうなずく。

「……もちろんよ」

一分でも、一秒でも長く一緒にいたいのは、アルテイシアも同じ。

その気持ちに変わりはない。……しかし。

アルテイシアは、つながれたままの手に力を込めた。

「オリヴァー、あなた……父が亡くなる前にも、わたしを訪ねてくれていたのね。今日みんなから聞いたわ」

そう切り出すと、彼は虚《きょ》を衝《つ》かれたように瞬きをしてから、ゆったりとした苦笑を浮かべる。

「……あぁ。聞いてしまったのか」

すでにだいぶ日が傾いているらしく、気がつけばカーテンを閉めた室内も薄暗くなっていた。

そんな中、神秘的な薄青の瞳が底の見えない笑みに輝く。

「きっと君は困惑しただろうね」

「ええ。……本当のことを言えなかったのは、父があなたにひどい態度を取ったから？」

まったく想像がつかないが、父は足下に這いつくばるオリヴァーを杖で打ち据えていたという。

その言葉を思い出し、わずかに眉根を寄せると、オリヴァーは空いているほうの手を包み込むようにアルテイシアの頬に添えた。

「忘れるのが一番だと思ったからだ。双方にとって、いい思い出ではないから」

「でも許されることではないわ……」

「君の父上は、君を深く愛していた。だから結婚の申し入れに過剰に反応してしまっただけさ。私はもう気にしていない」

穏やかに応じる声音は、ギルバートを責めるどころか、かばおうとすらしているようだった。

おそらく父を慕うアルテイシアの気持ちを慮《おもんぱか》ってのことだろう。

その優しさと心の強さに救われる思いで、ホッと息をついた。

「父の会社とわたしの結婚について調べさせたのはなぜ？」

「どうしてそれを……」

「ごめんなさい。さっき書斎に入ったとき勝手に見てしまったの」

彼は気まずそうに目を逸らす。

「それについては言い訳のしようがないよ。どうしても君と結婚したかったけど、ヴィンタゼル氏に拒まれたから、どうにかできないかと考えたんだ」

「オリヴァー……」

少し行き過ぎな気もするが、他に手がなかったと言われれば、うなずくしかない。

（思いきって訊ねてみてよかった……）

もやもやとしていた心配が晴れてすっきりする。アルテイシアは夫をふり仰いだ。

「他に何か、わたしに言ってないことはない？」

カーテンの隙間から射し込む夕焼けの残光によって、わずかに照らされた彼の横顔は、幻想的なまでに美しい。

こちらを見下ろす薄青の瞳に見とれながら訊ねると、彼はにぎりしめるアルテイシアの手に小さく口づけてくる。

「もう秘密はないよ」

包み込むような、柔らかい笑顔に心が満たされた。

これほど愛されて、大切にされて、いったい何を不安に思うことがあるのだろう？

（わたしも、ちょっと神経質になってたみたい……）

ちょうどそのとき、メイドが軽食を載せたワゴンを運んできた。

アルテイシアが身体を起こすと、オリヴァーはメイドの手を借りることなく、ベッドの上にミニテーブルを据え、食器を並べ、かいがいしく世話を焼いてくる。

甘やかされる感覚がくすぐったくて、視線が合うたびに笑みがこぼれてしまった。

彼を信じよう。彼がアルテイシアの目を見て言った言葉を。

心の中で、自分への誓いを新たにする。

しかし三日後――

カティアから聞かされた調査結果を前に、その決心は大きく揺らぐこととなった。

⚜　⚜　⚜

「正直、侯爵がアリィと結婚するために旦那様に危害を加えるなんて、あり得ないと思っていたのよ。だって考えてもみて？　かたや侯爵、かたや一介の貿易商なのよ？　あまりにも立場がちがいすぎるじゃない！　侯爵はその気になれば、旦那様の許可なくあなたと結婚するくらい、わけなかったはずだし」

新聞社の目の前にある公園で、カティアは開口一番にそうまくしたててきた。

ベンチに座ったアルテイシアは不安にきゅっと胸がこわばるのを感じる。

「ええ、そうね……」

「でも調べ始めてびっくりよ」

ギルバート・ヴィンタゼルの死亡事故についてくわしく調査した彼女は、衝撃の事実を知ったのだという。

「なんと旦那様が事故に遭われた、あの日。同じヴィンタゼル商会の船に、侯爵の乗船記録が残ってたわ。記録の時間から考えて、事故のときふたりが一緒にいた可能性は高いと思う」

「…………え？」

「それから、乗船した侯爵が旦那様と歩いているのを見たという船員の証言もあったわ」

「そんなはずないわ！」

アルテイシアは身を乗り出して大声を出すという、淑女にあるまじき振る舞いで、乳姉妹の言葉を否定した。

「だって警察はそんなこと、ひと言も……っ」

「そこよ」

カティアは、その反応を予測していたかのように人差し指を立てた。

「アタシが見たのは、海軍が保管している一番初めの記録なの」

「海軍……？」

彼女曰く、船上で起きた事件であり、しかも当初は海に落ちたギルバートが見つかっていなかったこともあり、通報を受けて真っ先に調査に当たったのは、港湾警備に就いていた海軍の船だったという。

その後、調査権が警察に移ることになった際に、海軍の調査記録が引き継がれたのだ。

「けど警察に渡された記録には、クラウンバーグ侯爵が乗船したことと、ヴィンタゼル氏と一緒に歩いているのを見たという船員の証言がなかったのよ」

「……どういうこと？」

「削除されたんでしょうね。……さすがに証拠はなかったけれど、アタシの見立てでは、削除を命じたのはおそらくあの人よ」

声を潜めて耳打ちされた名前に、アルテイシアは胡桃色の瞳を瞠る。

エドワード・ハミルトン。――オリヴァーにとってほぼ唯一の友人と言っていい、爵位を持つ海軍士官。

物静かで常に冷静な、絵に描いたような紳士の顔を脳裏に思い浮かべ、アルテイシアは騒ぎ始めた胸に手を当てる。

(待って……。何かのまちがいよ。何か……きっと事情があるのよ……)

しかし、少しでも落ち着かせようとした努力は報われることなく、かえって次第に忙しなくなる鼓動を感じるだけに終わった。


「アタシ、もうちょっと調べてみるわね」

アルテイシアが馬車に乗り込むとき、カティアは見送りながらそう言ってくれた。

しかし反射的に首を振ってしまう。

「いえ、いいわ。もう充分よ……」

「本当のことを知らないままでいいの？」

「…………」

もっともな指摘に、返す言葉もなく黙り込む。

うつむくアルテイシアを、彼女は励ますように抱擁してきた。

「ごめんなさい。追い詰めるつもりはないけど、なんだか心配で……」

「……そうね」

思いやる言葉に力を得て、アルテイシアはうなずく。

「たしかに、うやむやにしておくのはよくないわよね。ちゃんと調べて安心したいわ」

「アリィ……」

「記録の書き換えには、きっと何か、そうしなければならない事情があったのよ」

「……かもしれないわね」

色々と言葉を呑み込んだような面持ちながら、彼女は同意してくれた。そんな彼女を自分から抱擁し、何とかほほ笑みを浮かべて別れを告げる。

「ありがとう、カティア」

十分ほど馬車に揺られ、アルテイシアはフィッツベリー・ハウスへ戻った。

薔薇の家紋をあしらった門扉を越えると、よく手入れのされたベルベットのような芝生の前庭が広がり、その中を蛇行してのびる砂利道を進んでいく。

一度に何台もの馬車が停まれるほど広い車寄せの向こうに、灰色の石で建てられたシンメトリーの邸宅が壮麗な佇《たたず》まいを見せていた。

「――――……」

これまでは感嘆しか感じなかったその屋敷が、なぜか今は威圧的に見えてしまう。

（どういうことなの？　オリヴァー……）

父の事故の際、彼が同じ船に乗っていたなんて。そしてそのことが記録から消されているなど。

何かの偶然だと信じたい。いや、きっとそうであるはずだ。

（でもいったいどんな……？）

物思いに沈みつつ馬車を降りると、執事が出迎えてくれた。

挨拶を交わしながら玄関に入り、ホールを進んでいたアルテイシアは、ふとその先にある応接間のドアが開いていることに気づく。

「誰かいらしているの？」

帽子と日傘を渡すアルテイシアに、執事は折り目正しく答えた。

「はい。カークランド子爵が旦那様を訪ねていらしたので、お待ちいただいております」

「エドワード様が……」

つい先ほど、カティアとの会話の中で名前が挙がっていた当人である。

アルテイシアはしばしの逡巡《しゅんじゅん》の後、意を決して応接間に向かった。

濃緑の壁紙に合わせて同色の椅子を配置したその部屋は、客が待つ際に時間をつぶせるよう、柱時計の脇に小さな書架が置かれている。

ソファに腰を下ろしたエドワードは、そこから取り出した本を読んでいるようだ。

結婚式のときと同じように今日も軍服姿である。

「ごきげんよう、エドワード様」

「これは……」

アルテイシアが入室すると、彼は本を閉じて立ち上がった。

「ご無沙汰しております、マダム」

「ただいまお茶をお持ちします」

部屋を出て行こうとした執事に、アルテイシアはあわてて「私の分はけっこうよ」と声をかける。

「少し話をしたら失礼するから、かまわないで」

「かしこまりました」

人払いをしたいこちらの意思を察した様子で、執事はドアを閉めて去った。

お世辞にも愛想がいいとは言えないエドワードは、冷たい瞳で、にこりともせずに口を開く。

「お話とは？」

「ひとつ、お訊きしたいことがあって……」

たたんだ扇子をいじりながら、アルテイシアは少し言葉に迷った末、率直に訊ねてみる。

「エドワード様。父の事故の調査について、警察に知らせていないことがおありね？」

不意を突いたはずの問いに、彼はわずかな動揺も見せずに応じた。

「おっしゃることがわかりません」

そう言いつつ何もかもわかっている顔で――つけいる隙のない態度で、きっぱりと返してくる。

アルテイシアは食い下がった。

「あの日、父の船にオリヴァーが乗っていたそうね。それも――事故のとき、一緒だった可能性が高いと……」

「何のことだか」

「記録が残っていたそうです。警察ではありません。海軍のほうの記録に……」

憶測ではなく事実を突きつけると、彼はさすがに押しだまった。

しかしやはり、核心にはふれずに返してくる。

「……知りたいことがあるのでしたら本人に訊いてください。私に言えることは何もありません」

「エドワード様……っ」

「ひとつだけ確かなのは……オリヴァーは貴女を深く愛しているということです。あいつの所業はすべて、貴女を愛するがゆえ。それはまちがいありません」

「愛していれば何をしてもいいのですか!?」

秘密があることを暗に認め、それを正当化しようとする発言に、思わず声が大きくなった。

ハッと口元を押さえるアルテイシアを見下ろし、彼は小さく苦笑する。

「私も……人のことをとやかく言えるほど、立派な人間ではありませんので」

「どういうことです……?」

彼はこちらを見据えて口を開いた。

「オリヴァーに、貴女をあきらめるよう言ったことがあります」

「え……?」

「あいつは、人より繊細で優しい人間だ。あの神経で貴女の一連のことを受け止めるのは難しかろうと思ったのです」

「わたしの……一連のこと?」

不思議な物言いに首をかしげる。いったい何のことだろう?

彼は沈着な姿勢をくずさずに言った。

「おかしいと思ったことはありませんか？　先々代のクラウンバーグ侯爵が、いくら気に入っていたとはいえ、平民の男に愛娘を与えるなどとは。……それも、娘の意思を無視して強引に」

「え？　えぇ……」

確かに大貴族である侯爵が、数多の貴族からの縁談を退けてまで平民の実業家のもとに娘を嫁がせたのは、社会的な通念からするといささか不自然である。

しかしそれがオリヴァーとどう関係するのだろう……？

予想とちがう返答に困惑していると、エドワードは手にしたままだった本を書架に戻し、傍らの柱時計に目をやった。

「今日は失礼します。日を改めたほうがよさそうだ」

彼は目礼をして、落ち着いた足取りでアルテイシアの横を通り抜ける。

樫材のドアが閉まる重々しい音の後、部屋は静寂に満たされた。

「…………」

はっきりさせようと思って訊いたというのに、かえって謎は深まるばかり。

しかしひとつだけはっきりした。

父が船から転落した際、やはりオリヴァーは同じ船の上にいたのだ。そしてエドワードの力を借り、事故後にその事実をもみ消した。

（どうして……どういうこと……？）

大きな柱時計がカチカチと時を刻む。

いっときも休まることのないその音は、まるで望まぬ未来が刻一刻と近づいてくることを告げるかのようだった。


オリヴァーが帰宅したのは、それから問もなくだった。

アルテイシアが自室にいることを聞いたのか、彼の足音は玄関から直接この部屋に近づいてくる。

気持ちを落ち着けるため、ソファで刺繍をしていたアルテイシアは、針と布を置いて立ち上がった。

するとノックすらもどかしいとばかり、忙しなくドアをたたく音と共に夫が入室してくる。

「ただいま」

オリヴァーは、出迎える妻のくちびるに軽くキスをした後、強い力で抱きしめてきた。

「今日も一日、会いたくてたまらなかった」

いつもの、どうということのない夫婦のやり取りである。

しかし——これまでは心が浮き立つばかりだったその行為にも、今は緊張してしまう。

「……おかえりなさい」

やっとの思いでそれだけ返すと、彼は抱擁したまま、少しだけ身体を離した。

「どうした？　なんだか様子が変だけど……、まだ体調が回復しないのかい？」

何もかも見すかされてしまいそうな薄青の瞳にのぞきこまれ、つい目を伏せてしまう。

「いいえ……。具合はもういいわ」

しかし彼は異変を敏感に感じ取ったようだった。

「……私の目を見てくれないね」

不安そうな声が頭上で響く。

うつむいてしまったアルテイシアの顎を指ですくって上向かせ、彼は焦りを込めて見つめてきた。

「もしかしたら、私は何かしてしまったのかな？」

「そんなこと……」

「気に障ることをしたなら言ってほしい。お願いだ」

そう言い、彼は額をくっつけてきた。

「――アルテイシア、愛してる。心から愛している。君がすべてなんだ。君に嫌われたら生きていけない。頼む。私を憐れんで、本当のことを話してくれ……」

切なく眉根を寄せ、切々と訴えてくる態度に、おかしなところはない。それどころかアルテイシアを想う気持ちが痛いほど伝わってくる。

今までなら簡単に心を奪われていただろう。何でもないと笑顔を浮かべ、自分から彼にキスを返していたにちがいない。

だが――

「……本当のことを話してくれないのは……あなたよ」

「……え？」

無防備に目を瞬かせる相手を、アルテイシアは今にもひるみそうな決意と共に見上げる。真実と向き合うのがこわい。知りたくない気もする。

（でも……！）

このままでいいわけがない。

疑念を晴らすために、アルテイシアはありったけの勇気をかき集めた。

「オリヴァー、あなた……父の事故のとき、どこにいたの？」

「叔父上の事故のとき？　んー、どこだったかな。よく覚えてないけど……議事堂か、議員の友人とクラブにいたか、そのあたりだと思うよ」

平気な顔で言い放たれた返答に衝撃を受ける。アルテイシアは首を小さく振った。

「いいえ。あなたはあの日、父の船に乗っていた。事故の前に父と一緒にいた――ちがう？」

「――……」

謎めいた薄青の瞳が、笑みをたたえたままこちらを見下ろしてくる。

つかみどころのない眼差しへ斬り込むように、さらに続けた。

「エドワード様に確かめたわ。あの方は、『知りたいことは本人に訊け』と。でも、否定はしなかった」

「それで？」

「だから……あなたに訊いたのよ……」

「そうだったのか。失敗したな。……さっきの質問への答えを訂正するよ」

小さく苦笑した後、あまりにも軽く、彼は前言をひるがえした。

「あのとき、私はたしかに叔父上の船に乗っていた。でも事故のときは別の場所にいたし、私は何も知らない」

「そんな……」

つまりは先ほど、嘘をついて都合の悪い事実を隠していたというのに、彼は微塵《みじん》も罪の意識を感じていないようだった。

悪びれない反応を受け、逆にアルテイシアのほうがとまどってしまう。

「どうして記録に手を加えたりしたの？」

「疑われるのはごめんだったからさ。私とヴィンタゼル氏の間に問題があったことは、ヴィンタゼル家の使用人に知られている。船に乗っていたことが判明すれば、私が何と言おうと、警察は私に余計な疑いを抱くだろう」

「そんなこと……！」

首を振りかけて、もうひとつの証言を思い出す。

「……父は、『助けてくれ』って……叫んで……あれは――」

「私は聞いてない。そのときは離れたところにいたから」

「オリヴァー……」

「安心して。私は叔父上の事故に、何も関わっていないから」

落ち着かせるように、彼はゆったりとした微笑を浮かべた。

信じたい。

彼は優しい人だ。昔も、再会してからも、ずっとアルテイシアを温かい人柄で包み込んでくれた。

（でも――）

部外者の彼が父の船に乗っていたということは、招待を受けてのことだろう。

直前までふたりで一緒にいながら、事故のときは別行動で、複数の船員が聞いたという悲鳴も耳にしていないなどと、そんなことがあるのだろうか……。

湧き出す疑念に胸が騒ぐ。

たった今、真実をごまかすために平然と嘘をつかれたのだ。気持ちが揺れてしまうのもしかたがない。

まっすぐに向けられる眼差しを、すがるように見つめ返し――そしてアルテイシアは気がついてしまった。

柔らかな微笑の中、ムーンストーンのように謎めいた薄青の目が、笑っていないことに。

そもそもこの状況でまったく動じた様子を見せないというのは、不自然ではないか。

（どうしてそんなに落ち着いていられるの……？）

後ろめたいことがないからだろうか。いや、そんな雰囲気ではない。

証拠はない。だが理屈ではないところで、勘が告げていた。

彼はおそらく父の死の真相を知っている、と。

警察から、父が死の直前に発したという叫び声について聞かされたとき、アルテイシアは船から落ちそうになったために助けを求めたのだと考えた。

だがしかし。

（もしかしたら……何者かに襲われていて助けを求めるための言葉だった……？）

恐ろしい可能性に思い至ってしまい、全身に冷たい水を浴びたような気分になる。

血の気が引いていく感覚に襲われ、アルテイシアは夫から離れようとした。しかし彼は妻を抱きしめる手に力を込めてくる。

「……放して」

「いやだ」

アルテイシアのふるえる声に、彼は断固として応じた。

「いやだ、絶対に放さない」

「オリヴァー！」

「じゃあどう言えばいいんだ？　どう言えば、君はまた元通り私を信じてくれる？」

「オリヴァー、何を言っているの……？」

「君に嫌われたくないだけなんだ。私は、君を失いたくない。アルテイシア……っ」

「わたしを失いたくなければ……本当のことを話して……っ」

巻きつく腕から逃れようと身をよじっていると、ふいにオリヴァーはアルテイシアを抱き上げる。

「オリヴァー！」

突然のことに身をすくませる妻を、彼は寝室に運び、寝台に横たえた。

そしてアルテイシアに覆いかぶさり、両手をつかんで敷布の上に縫《ぬ》い止める。

「本当のことを話したら、去らないと約束するかい？　私を見限ったりしないと、約束できるか？」

「オリヴァー……」

これまで、こんなふうに乱暴に扱われたことは一度もない。

初めて目にする夫の荒々しい一面を、信じられない思いで見上げた。すると彼は責めるように眉根を寄せる。

「どうして？　なぜそんな目で見るんだ。少し前まで、あんなにまっすぐに見つめてくれていたのに……！」

「オリヴァー、こんなことやめて。わたしたちは夫婦なのよ……っ」

「……そうだね。正直なところ、私にとってバレて困るのは結婚するまでだった」

そう言い放ち、彼は傲然と見下ろしてくる。

「今や何が起きても、君は私から逃げることはできないんだっけね。……かわいそうに」

歪んだ微笑を浮かべてつぶやくと、彼は顔色ひとつ変えることなく言い放った。

「君の父親が死んだのは、事故でも、自殺でもない」


私が殺したんだ。


彼の口がそう動き、アルテイシアの耳はその音を捉える。

しかし頭が、言葉の意味を理解することを拒んだ。

何の反応も示さない妻に、彼は淡々と告げてくる。

「銃で撃ったら、被弾の衝撃で手すりを越えて落ちていった。……遺体には銃創《じゅうそう》があったはずだけど、見つかったときには溺死体だったからね。肉が膨張して、うまい具合に隠れてくれたようだ」

「――――……」

愛する父の、生々しい最期の様子を突きつけられ、胃のあたりがぎゅっと縮んだ。

吐き気をこらえながらアルテイシアは首を振る。ただただ振り続ける。

(嘘よ。嘘よ、嘘よ……!)

胸の中の声は、喉の奥で凍りついたまま、なかなか出てこなかった。衝撃が大きすぎるのだ。

そこまでは考えていなかった。まさか彼が父を手にかけただなんて。

彼自身が手を下しただなんて!

予想をはるかに超える真実に思考がぐちゃぐちゃになる。

泣きたいのか、叫びたいのか、怒りたいのかわからない。

「……嘘よ……」

混乱極まる思考にぼう然とする中、ようやくそれだけをつぶやく。

オリヴァーは伏せていた顔を上げ、さみしげにほほ笑んだ。

「……私があのとき船に乗っていたと知った時点で、薄々予想していたのではないの?

なのに本当のことを聞いたら、今度は否定するのかい？」

「やめて……っ」

耳元でささやかれる声から逃げるように、寝台の上で顔を背ける。

と、さらされた首筋に彼はキスをしてきた。

「わがままなお嬢さまだな」

ねっとりとしたつぶやきと共に、くちびるが首筋をたどる。

「あの男は、ずっと気に食わなかったんだ。事業の損失を埋めるために君を金持ちの男に売ろうとした。なのに私が支援と求婚を申し入れても、すげなくあしらった。私は礼を尽くし、床にひれ伏してまで懇願したのに、過去のことを持ち出して拒絶した」

「過去のことって……」

「君の母親を死なせた。わざとではなかったけれど、結果としてそうなってしまった」

「あれはお母様の火の不始末が……」

「それは君の勝手な推測だろう？」

「オリヴァー……！」

「火の不始末の原因は私だ。それをあの男はずっと根に持っていたんだ」

肌の上でささやかれた言葉に息を呑む。

（なんてこと……）

それでは、オリヴァーが火遊びをしているのを見たという父の証言は正しかったというのか。

そのため父は頑《かたく》なにオリヴァーからの娘への求婚を拒んだのか。

だから――――

「だから、父まで殺したの……？」

ふるえる声に、彼は翳《かげ》りを孕んだ眼差しで応じた。

「君に対して、何の後ろめたさもない男でいたかった。けれど……あの男が私にそれを許さなかった」

「母の死の原因を作ったのがあなただというのも……本当なの？」

「でなければ、あの男が私を嫌い抜く理由はないだろう？」

あろうことか、アルテイシアのくちびるにちゅっとキスをし、彼はこの上なく美しい顔で、甘い声でささやいた。

「君は正真正銘、人殺しの妻なんだよ」

そしていつものように、鎖骨に口づけ、くちびるを胸元へとすべらせていく。

「何と引き替えにしても君が欲しかった。悪魔に魂を売り渡すなど、たやすいことだった」

「やめて……！」

アルテイシアは、生まれてこのかた出したことがないくらい大きな声を張り上げた。

「父を殺した手で、さわらないで……！」

「どうしてそんなひどいことを言うんだい？」

「そこをどいて！　放して！」

おそろしい告白をしておきながら、何でもない顔で接してくる夫が信じられない。

今はひとりになりたかった。

ひとりになって、よく考えたい。

彼の顔を見たくない。

いわんや愛を交わすなどあり得ない。

力の限りに暴れ始めた妻を見下ろし、彼はくちびるの端を持ち上げた。

「君が懇願するから、正直に真実を話したのに」

そう言うや、彼はアルテイシアが身につけていた白いモスリンのドレスを力まかせに引き裂く。

さらに暴れ馬にでも乗るかのように、細い腰の上に腰を下ろして抵抗を封じ込めると、めちゃくちゃに振りまわされる両手をあしらいながら、コルセットを手早く脱がせていった。

「私を愛していると言ってくれ！　ついこの間まで、何度も言ってくれていたように

「……っ」

「いや……っ」

「幸せだったよ。これまでの人生の中で最も幸せな毎日だった。でもわかっていた。そんな日々が続くはずがないと」

邪魔なものをすべて取り除いてしまうと、彼は破れた薄いドレスを使ってアルテイシアの両手首をベッドの左右の支柱につないでしまう。

アルテイシアは何が起きているのかわからないまま、気がつけば両腕を頭上に上げた形で拘束されていた。

「オリヴァー……っ」

下着姿の妻の上に座った彼は穏やかにつぶやく。

「私は昔から、不思議と幸福に縁がなくてね。なぜだろう？　君が欲しいだけだったのに……」

今にも泣きそうな顔を歪めて笑みを浮かべる夫を、アルテイシアはおののいて見上げた。

「オリヴァー、正気に戻って……！」

しかし彼はゆるゆると首を横に振った。

「戻るなんて無理だ。……私は、君と再会したときにはもう、こうだったのだから……」

自由を封じられた妻の身体をまさぐりながら、手早く下着を脱がせていく。

「君に愛されるよう、嫌われないよう、マトモなふりをしていただけだったんだよ……」

あっという間にアルテイシアを生まれたままの姿にしてしまうと、彼はいつものように隅々までいやらしく手を這わせ、あちこちに口づけの痕を散らしてきた。

アルテイシアは必死に身をよじって抵抗するものの、それは彼を挑発する結果にしかならなかったようだ。

「こっちをさわってほしいの？」

舌舐めずりをするように言い、ふるふると揺れる乳房に吸いついてくる。

「はっ……ン……っ」

頭ではいやだと思っているにもかかわらず、毎日の行為によってすっかり敏感になった肌は、熱くぬるりとした刺激から、たやすく快感を得た。

尖った乳首に至っては、舌のひらでひと舐めされただけで甘く痺れてしまう。さらに柔らかく吸引されると、ざわりと疼く感覚が腰の奥から湧き上がる。

「ぁ、……ぁん……っ」

眉根をしぼって打ちふるえると、彼はフッとくちびるの端を持ち上げた。

「君は胸が弱いものね」

アルテイシアの反応に我が意を得たりとばかり、ふくらみに食らいついてくる。

硬くなった先端を舌先ですくい取られ、巧みに転がされ、強く吸い上げられると、えも言われぬ心地よさに腰が砕けそうになった。総毛立つほどに感じてしまい、しきりに身悶える。

「やぁっ、……や、めてっ、……オ、オリヴァ……ぁっ……ンっ……ンっ……」

言葉を発しようとすれば、意に反して淫らな声が出てきてしまう。くちびるを噛みしめて堪えていると、それに気づいた彼が顔を上げた。

「どうしたの？　いやらしい声を出そうよ。いつもみたいに」

元々彫像のように美しく整った面差しである。

愉悦に染まった様は、おぞましいほど艶やかで美しい。

訳のわからない不安から逃げるように、アルテイシアは首を振った。

それをどう受け止めたのか、彼は小さく笑って顔を近づけてくる。キスをするつもりだと察し、とっさに顔を背けたところ、耳元でため息をつかれた。

「妻に拒まれるのはさみしいな……」

口ではそう言いつつも、彼は自分の優位を見せつけるかのように、アルテイシアの上でゆっくりとクラバットを外す。

「君を私だけが知る場所に閉じ込めてしまいたいよ。社会とのつながりを断ち、常にふたりきりの場所で、私の帰りを待つだけの生活を送らせてやりたい」

外してしまえば長い絹布でしかないクラバットを、彼はアルテイシアの顔に巻きつけてきた。

「オリヴァー……っ」

首を振っての抵抗をものともせず、それは頭の後ろで結ばれてしまう。

「他のものなんか何も目に入らないような生活をね」

「やめて。オリヴァー、こんなこと……っ」

視界をふさがれる不安に頭を振るアルテイシアの両頬を押さえ、彼は口づけてきた。

「君には私しかいないんだ。そうだろう？」

アルテイシアは顔を背けようとするものの、頬を押さえる手がそれを許さない。何も見えない状態で何度もくちびるをふさがれ、怯える妻に、彼はのめり込むような口調で言った。

「もっと私に依存するといい。君も、私がいなければ生きていけなくなるべきだ」

不穏な言葉と共に、脚に触れてくる手を感じた。横柄な手はそのまま無造作に膝裏をつかみ、胸に押しつけるようにして大きく押し開いてくる。

「私ばかりが君に焦がれている現状は苦しいよ」

「……やめて。オリヴァー、こわい……っ」

視界を奪われた中、自分の秘処を無防備にさらされるのは、ひどく心許ないことだった。

彼の行動がまるで予想できない。

「これを取って、お願——……い、やぁっ……！」

懇願の最中に声が跳ね上がる。

膝を折り曲げられ、ぐっと広げられた秘唇に、ぬるりとした感触を覚えたのだ。

「ひ……っ」

淫唇を舐められている——ヌルヌルとうごめく舌に敏感な粘膜をなぞられている。その羞恥に、頭が沸騰しそうになった。

「いっ……いやぁっ！　なにっ、してっ……」

内股を両手で強く押さえられ、動かすことのできない秘部を、くちゅくちゅと、ぬるついたモノが這いまわる。その感覚はあまりにも卑猥にすぎ、全身にぶわりと鳥肌が立った。

初めての経験である。

「いやぁっ、……やめて！　いやだってて、言った、でしょう……っ!?」

これまでにも何度かオリヴァーから「舐めていい？」と訊かれることはあった。けれど指でいじられるだけでも充分感じていたアルテイシアは、それ以上の快感を恐れ、拒み続けてきたのだ。

案の定、敏感な襞をぬるぬると舐められるのは、耐えがたいほど強烈な責め苦だった。

「やぁっ！　はぁっ、……あっ、あっ！　……はぁンっ……んっ、ぁあぁ……！」

おそらく見えないせいで、余計に強く刺激を感じてしまうのだろう。

ねっとりとした熱いくちびるが、まるで口づけをするかのように蜜口にむしゃぶりついてくると、そこに火がついたような悦楽に襲われた。

秘唇を覆うように口腔に含まれた末、ヌルヌルと暴れる舌に繊細な粘膜の溝を上下に抉られ、肢体《したい》がビクビクと魚のように跳ねる。

「ぁあぁ……！　そんなのっ、しないで、ぁあっ……！　やぁっ……それ、いやぁぁっ……」

両手を頭上で拘束されたまま、腰だけをはしたないほど大きくくねらせる。

身の内で際限なくふくれ上がる快感に灼かれ、どうにかなってしまいそうだった。

傍若無人な舌先に蜜口の中までぬりゅぬりゅと意地悪くくすぐられ、アルテイシアはあっけなく昇り詰めてしまう。

「や、ぁあぁぁ……！」

「もう？　まだ大事なところは残っているのに」

余裕たっぷりの口調で言うや、彼は達したばかりの花びらを指で左右にめくり、充血した突起をさらしてみせた。

そこに冷たい空気のふれる感覚に、アルテイシアは首を振る。

「……やめて……そこはだめ……」

弱々しい訴えは、少しも顧みられることがなかった。

それどころか、見えないこちらに聞かせるかのようにつぶやく。

「ここ、ぷっくりと勃ち上がっているよ。……莢《さや》から頭をのぞかせた芯が、スグリの実みたいに紅くふくれてる。おいしそう……」

しばしの余韻を持たせた後、淫核をぱくりと口腔に含まれる感覚があった。

硬く凝った粒を、ざらついた舌で舐め上げられ、腰が甘く痙攣してしまう。

「いやぁぁぁ……っ」

あまりにも深く鋭い恍惚に、一瞬気が遠くなった。しかし容赦のない舌戯がそれを許さない。薄れた意識は、苦しいほどの淫虐《いんぎゃく》に容赦なく引き戻された。

うねる舌先は、硬く尖った粒をぐりぐりと荒々しく転がしてくる。

「んぁぁっ！　……ぁあっ、あ――やぁあぁっ……！」

途方もない快楽が押し寄せ、全身からドッと汗が噴き出した。同時に官能の涙があふれ出す。

下腹から湧き上がるマグマのような快感に燃え立つ身体をきつくのけぞらせ、アルテイシアは髪を振り乱してひたすら惑乱した。

悲鳴を上げているというのに、彼は責め苦を止めようとはしなかった。――否、むしろますます熱を込めてくる。

充血しきって腫《は》れた雌しべを、熱い舌先で押しつぶすように、こりっこりっと執拗に舐めたてる。

「やぁっ、……あぁっ――ひぁっ、……いやぁっ、だめっ……、だめぇ……！」

激しい嵐のような、わけのわからない快楽に苦悶する中、いじめられていた淫芽が、ふいに吸い上げられるのを感じた。

「ひぃっ、……」

ぞっと総毛立つような感覚に甘い悲鳴を発したとたん、花蜜ごとちゅるちゅると思いきり吸引され、頭の中で真っ白な光が爆発する。

「あぁぁ――……！」

容赦のない口淫にアルテイシアはあまりにもたやすく陥落した。

頤《おとがい》を高く上げ、全身をぶるぶるとふるわせて極みに昇り詰める。

やがて官能の波に打ち上げられるかのように、力の抜けきった身体を敷布の上に横たえると、お尻の下がぐっしょりと濡れていることに気づく。

こんなにもひどいことをされながら、敷布の上にそれほど愛液をあふれさせたのだと知り、アルテイシアはその事実にもぼう然となった。

頭上からオリヴァーの満足そうな声が降ってくる。

「気持ちよく達けたかい？　アルテイシア。君は舐められるのを不安がっていたから、それがどういうものか教えてあげたんだよ。知ってしまえば、もう恐くはないだろう？」

言葉の合間に衣擦れの音が響く。どうやら彼も衣服を脱いでいるようだ。

「ね？　正体を知ってしまえば、もう恐くないんだ……」

くり返された言葉は、まるで彼自身についてのことを言っているかのようで、アルテイシアは首を横に振った。

こんなことをされたところで、ますます不安をかき立てられるだけだ。

泣きたい気分で訴える。

「目隠しを取って、……お願いよ。手のこれも、外して……」

「まだこれからじゃないか」

「オリヴァー、こんなことしないで……っ」

「言っただろう？　不安に思う必要はないんだ。君が恐ろしいと感じているものは、実はまったく恐くないんだって教えてあげる」

そんな声と共に両の膝に手が置かれ、ふたたび脚が開かれた。

「あっ……」

ぬれそぼった秘裂に、熱く脈打つものがぬちゅりと押し当てられる。ずっしりとした質感と、硬い感触から、その正体を察する。

アルテイシアはふたたび首を振った。

「やめて。今はそれをしたくないの……！」

あまりにも衝撃的な事実を知らされて動揺しているのだ。

今まで自分が信じていたのとはちがう顔を見せた相手と、ひとつになれるはずがない。

気持ちの整理をつけてからでなければ、これまでのように彼を受け入れることなどできない。

そんな思いでの拒絶に、彼は「そうか……」と冷ややかに応じた。

「わかった。では私はこれで我慢することにしよう」

そう言うや、たったいま達したばかりの淫唇に沿わせるように、雄茎を押し当ててくる。

ドクドクと脈打つ茎の太さと硬さを、敏感な粘膜で感じ取り、アルテイシアは思わず息を呑んだ。

と、彼は誘うように腰を動かし、茎全体でぬちゅぬちゅと秘裂を擦り立ててくる。

「んぁ、ぁ、ぁ……っ」

熱く滾《たぎ》る欲望が、腫れて蕩けた粘膜をぐじゅぐじゅと強く刺激してきた。裏筋の凹凸に擦られ、腰の奥が甘く痺れてしまう。

「は……ぁっ……」

「うん、まぁこれも悪くないな。ドロドロに蕩けていて気持ちがいいよ……」

彼は前後に大きく腰を動かすものの、前方にある淫核にふれそうになると、すっと引いてしまう。ふくらんだ切っ先がそこに当たらないよう、焦らすような動きに、アルテイシアは切なくうめいた。

「……んぅ……っ」

蕩けきった花びらの感触が気持ちよいのか、雄茎が溝を前後するごとに硬く大きくなっていくのを感じる。だがそれが蜜口に入ってくる気配はなかった。

いい、いいしたくないいと言ったアルテイシアに思い知らせるかのように、灼熱の塊はただ延々と淫唇をかきまわし続ける。

じりじりと煽られ、ぽってりと腫れ上がった花びらを擦られ続けて、甘苦しい淫熱に熟れきった肢体がビクビクと大きく跳ねる。

「んはぁ……っ」

そのうち、彼の動きに不満を示すように、腰がはしたなくうねり始めた。

意に反して、蜜口までもがヒクヒクと切なくわななく。

「どうしたんだ？　おねだりかい？」

勝ち誇ったように、彼は切っ先で、ぱんぱんに尖った淫芽をほんの少しつついてきた。

とたん、

「あぁン……！」

腰骨がジンッと痺れ、アルテイシアは身をよじって啼き声を張り上げる。

割れ目を擦られるだけでは物足りない。そのたくましいもので中まで満たしてほしい。

口にできない思いを示すかのように、中の媚肉が、何かを奥へと引き込むように絶え間なく収縮する。

媚びるような声と、物欲しげな身体の反応に頃合いと判断したのか、オリヴァーは頭上でアルテイシアの両手を縛《いまし》めていたドレスの布を解いた。

手の自由を取り戻したアルテイシアは、すぐに目隠しを外そうとするが、それは彼の手によって押しとどめられる。

「ダメだよ」

「オリヴァー……っ」

「目隠しを取るか、コレを挿《い》れるか、どちらかひとつだ」

言葉と共に、彼はアルテイシアの手を己のものへと導いた。

「今すぐ欲しいのはどっちだい？」

「ぁ……っ」

手にふれたものの感触に、目隠しをされたまま赤面してしまう。

自分の蜜にまみれて脈打つ灼熱の楔。困惑するアルテイシアに、彼は無慈悲に言う。

「さぁ……欲しければ自分で挿れるんだ」

「……自分で……？」

「いらないの？」

問われれば答えは決まっている。欲しくてたまらない。

「………っ」

オリヴァーは寝台に身を横たえたようだ。アルテイシアは言われた通り目隠しをしたまま、大きく反り返った彼のものを手探りでそっとにぎりしめた。そしてその上に自ら腰を近づけていく。

夫の上に乗るのは初めてではなかった。しかし自分で挿れたことは、これまでにない。

「……はぁ……」

見えないことにとまどいながら、熱杭を持つのとは反対側の手で、自分の淫唇にふれる。ぽってりと腫れ、愛液をたっぷりとたたえた感触が指先にふれ、その淫猥さに頭がくらくらした。

「……ぁ……ふ、……ぅ……っ」

おそるおそる雄茎の切っ先を自分の蜜口に当て、そのまま少しずつ腰を落としていく。

熱い滾りが、ずぶずぶと蜜壺をかきわけて押し入ってくる。

少しずつ慎重に挿れていく――その仕草がじれったかったのだろうか。

突然、舐められすぎて敏感になっていた淫核で、きゅっとつままれたような、甘い痛みが弾けた。

「きゃあぁっ……」

不意打ちに、くにゃりと脚の力が抜けてしまい、ドシンと勢いよく腰が落ちてしまう。

結果、硬い切っ先が内奥をずんっと突き上げてきた――その瞬間、稲妻に打たれたかのように、頭の芯まで痺れるほど野太い絶頂感に呑み込まれた。

「ぁあぁぁ……！」

中の怒張をぎゅぅぅっと引き絞り、背中をブルブルふるわせて激しい陶酔に浸る。

「挿れただけで達したのかい？　いけない子だ」

達している最中の妻を翻弄するように、彼はぐんっ、ぐんっと腰を突き上げてくる。

「はぁっ！　ひぁンっ、……ぁあっ！　……ぁぁンっ！」

頭の中まで貫くような重い快感を、次から次へとたたき込まれ、アルテイシアはくり返し高みへと達してしまった。

脳裏が真っ白になる中、なおもずんっずんっと内奥の性感を抉られ、濃密な歓喜が下腹で重なって響き渡る。

「いやぁっ！　……もうダメっ、……待ってっ！　……やぁぁンっ、……待ってぇ……！」

オリヴァーの身体に手をついて自らを支えながら、アルテイシアは全身をびくびくと跳ねさせた。

頂に達したと思った矢先に、さらなる高みへと放り出される責め苦によって幾重にも押し寄せる官能の極みを、蜜壺をぎゅぅっと引き絞って味わう。蕩けきった媚肉は貪欲に熱杭をしゃぶりたて、まるでヨダレのようにあふれた愛液のせいで、結合部がぐちゅぐちゅと泡立った。

熱烈に雄茎を貪《むさぼ》る蜜洞の反応を受け、彼は情欲にかすれた声音でささやく。

「あぁ……、すごく欲しがっているね。いいよ。いくらでもあげよう」

「やぁっ！　もうっ、止めてっ……そっ、そんなにっ、何度も！　いやっ、あぁっ！　ぁあぁ……！」

荒々しく腰を突き上げられ、じゅぷっ、じゅぷっ、と卑猥な水音が立つ。止めてと言いながら、後から後から湧き出す官能を追いかけるかのように、知らぬ間に自ら激しく腰を振っていた。

初めは前後に――やがて円を描くように腰をくねらせ、硬い屹立に自らの敏感な箇所をぐいぐいと押しつける。そのたび意識が飛びそうなほどの恍惚に鞭打たれ、悲鳴を上げてビクビクと身を打ちふるわせる。

「んぁあっ！　あぁっ！　ぁはぁン！」

甘い甘い淫撃から、アルテイシアはいつまでも逃れられなかった。

オリヴァーの欲望がもたらす快楽は途方もなく、追わずにはいられない。

腰を振り立て、ガツガツと自分を求めてくる彼の必死の執着を感じれば、なおさら自分を取り戻すことなどできるはずもない。

深淵に堕ちていくような快楽に身も世もなくよがりながら、目隠しの中で強く目をつぶる。その眼裏で何かがちらついた。

幻影である。

暗闇から、こちらに向けてのばされる母の手。

夫の猛愛から逃れようと、細い手は必死に救いを求めている。

しかしのばした手がつかむものはなく、そのまま暗闇に引きずり込まれて消えてしまう。

愛の名のもとに、底知れぬ闇に人知れず呑み込まれていく母を、アルテイシアは為す術もなく見守るしかなかった。

⚜ ⚜ ⚜

オリヴァー・ウィンストン＝フィッツベリーは、クラウンバーグ侯爵である父親が、メイドに手をつけてできた子供である。

メイドはすぐに屋敷を追い出され、それきり顧みられることもなかったが、侯爵の妻に子供のできる気配がなかったことから、オリヴァーは数年の後に母親から引き離され、父親に引き取られることになった。

しかし市井で育った子供が、簡単に貴族の親戚に受け入れられるはずもない。大人たちの目はどこまでも冷たく、子供たちからは毎日のように卑劣な攻撃を受けた。

そんな中で唯一の友だちと思ってかわいがっていた飼い犬も、ある日親戚の少年たちによって井戸に放り込まれ、命を奪われてしまった。あまつさえ彼らはそれをオリヴァーの仕業だと言い立て、大人たちは何の根拠もなくその言葉を信じた。

否、根拠ならあった。オリヴァーの母親がメイドであることだ。

フィッツベリー家は、この国の建国までさかのぼることができる名門貴族。家系を誇る彼らにとって、オリヴァーが労働者階級の血を引いていることは、ろくでもないことをしでかす充分な要因となるのだ。

実の父も、継母も、守ってはくれなかった。彼らは驚くほどオリヴァーに関心を持たなかった。

やがて父親が自分を引き取ったのは、妻と夫婦関係を持つことに飽いた末の、苦肉の策であることを知った。

心の支えは実の母親だけだった。つらくてたまらないとき、母を思った。好きで手放したわけではないだろうと考え、母もまた自分を恋しがってくれているにちがいないと夢想した。

しかし現実はどこまでもオリヴァーを裏切った。

息子と引き替えに充分な見返りを受けとった母親は、その後、平民の金持ちと結婚したと聞かされた。子連れでは決して望めなかった幸せを手に入れ、新しい家庭を築いたのだと。

親戚の少年たちに取り囲まれ、「売られた子」とはやしたてられるたび、世界中のすべてから見放された気分になった。

その結果——あるとき、オリヴァーは全力で暴れた。少年たちに向け、渾身《こんしん》の力でままならない運命への怒りをたたきつけ、そして気がついたら、彼らは血を流して倒れていた。

それは大きな騒動となり、オリヴァーは故郷から追い出されることになった。大人たちは相談の末、王都で暮らす侯爵の妹の家に、問題児を厄介払いすることを決めたのである。

都に向かうとき、オリヴァーの心は荒《すさ》んでいた。

自分を愛する者などこの世のどこにもいない。大人も子供も、すべてが敵だと思い込んでいた。

そんなオリヴァーの前に、彼女が現れた。

アルテイシア。

五つ年下の従妹は、叔母夫婦の一粒種《ひとつぶだね》だったせいか、兄弟ができたようで嬉しいと言って、来る日も来る日もオリヴァーにまとわりついてきた。ひたすら慕ってくることで、硬く冷たく凍らせていたオリヴァーの心を少しずつ溶かしていったのである。

アルテイシアは天使だった。

愛くるしく、人なつこい少女には、誰もが魅了されずにいられない。

彼女と共に街に出ると、見知らぬ人までもが笑いかけてきた。どこでも特別に親切にしてもらえた。彼女に注がれる温かい視線や気遣いは、一緒にいるオリヴァーをも優しく包み込んだ。

明るく、純粋で、優しい女の子。

愛に飢えていたオリヴァーの心は、またたくまに彼女のもたらす屈託のない優しさに満たされ、気がつけば目に映る世界はすっかり彼女に支配されていた。

アルテイシアがいればまばゆく輝き、姿が見えないと暗く沈んだ。彼女と生活を共にし、誰よりも特別な信頼を寄せられることで、オリヴァーはかつてないほどの幸せを感じた。

（だが……それは新たな試練の始まりだった）

涙の跡を残して眠る妻の横顔を、オリヴァーは手でそっとなでる。

ヴィンタゼル家のあの屋敷で、まだ少年だった自分は思いも寄らぬ悪夢に見舞われたのである。

（それでも――）

彼女を守りたい、あの無垢な魂に少しの傷もつけたくない、資産家の令嬢として何不自由ない人生を歩んでほしい――そう思えばこそ、ひとり試練に耐えた。

その後の十二年間はさらにつらかった。誰のどんな暴言も、暴力も、彼女の顔を見ることのできない日々の苦しさに勝るものはなかった。

(もう一度君に会う日を——ただそれだけを待ち続け……私はずっと耐えしのんできたんだ)

アルテイシアの額に、オリヴァーはくり返し口づける。

長く続いた苦難の果てに神は自分にほほ笑んだ。

望んだ通り彼女と再会し、その心を得ることができたのである。幸福と縁のない人生において唯一、これだけは何が何でも手に入れたいと切望した宝を。

(そのために全力を尽くした。できることはすべてやった)

念入りに調べ、作戦を練り、下準備をし——そして再会した。その後は嘘に嘘を重ねて理想の結婚相手を装った。

彼女はオリヴァーを優しい人間というが、それはちがう。優しくする以外、彼女から愛される方法がわからないだけだ。

そして彼女は……おそらくオリヴァーを愛しているわけではない。

自分は昔から彼女にとって、どんなときも頼りになる優しい保護者でしかない。

その証拠にカティアから、オリヴァーへの気持ちを自覚したのはいつかと訊かれたとき、彼女は答えられなかった。

（私にプロポーズされて……様々な肩の荷が下りたとき、とは言えないだろうしな……）

自嘲《じちょう》を込めてそう考える。

彼女が愛だと信じているものは厳密には愛ではない。いつか彼女はそのことに気づくだろう。

オリヴァーは、父親を失ったばかりで、借金を抱え、途方に暮れていた彼女の心の隙につけ込んだに過ぎないのだと。

（それでも……私は君と結婚した。君の夫だ……）

たとえ過去に大罪を犯していようと。ふたりの間にあった信頼関係が無残にくずれさろうと。言うことを聞かない妻を無理やり抱いたのだとしても。

神の前に誓いをたてた夫婦を引き離すことは誰にもできない。

今はそれがすべて。そして最後のよすがだった。

4章　暗転

翌日、アルテイシアは、部屋の外から聞こえてくる夫の声で目を覚ました。

『ケンカをしてしまったんだ。彼女はこの家から出て行こうとするかもしれない。でも絶対に出さないで。これは命令だ。いいね？　アルテイシアを、決して屋敷から出してはならない。——決して』

くどいほど念を押すオリヴァーに、執事の声が答える。

『……かしこまりました』

夫のものと思しき足音が去っていくと、アルテイシアは陰鬱な気分で考えた。

(どこへ行けるというの……？　もう実家も売りに出してしまったのに……)

頼れるほど親しい親戚もない。侯爵と事をかまえてまでアルテイシアをかばう人間など、この世のどこにもいないだろう。

（オリヴァー……！）

アルテイシアは両手の甲で目頭を覆った。

ひと晩たった今でも信じられない。彼が父を——そして十二年前には母を死に追いやったただなんて。

思いやり深い人だと思っていた。商会の債務整理などの際にも常に人への気遣いを忘れず、相手の立場や事情を慮っていた。

（だから……信頼できると……一生を共にするのにふさわしい人だと……いいえ、わたしにはもったいないくらいの人だと思っていたのに……）

とはいえ、自分にはあれだけ愛情深かった父に、横暴な一面があったと知ったばかりである。

裏切られたように感じるのは、まちがっているのだろう。人は誰しも、思いがけない一面を持ち合わせているものなのかもしれない。

（でも——でも、オリヴァー……っ）

手の甲に隠れた目頭に涙がにじむ。

おそらく自分たちは結婚するのが早すぎたのだ。もっと時間をかけて、互いをよく知るべきだった。——今となっては、言っても詮《せん》ないことだが。

起き上がる気分にもなれず、しばらく自問自答をくり返していると、やがて忠実な執事が、室内の状況を見ることもなく口の堅そうな年かさのメイドを数名よこしてきた。

その心遣いはありがたい。何しろ縛られた手首には痕が残っているのだ。おまけに肌には、これまでになく多くの所有の印が散っている。

黙々と手を動かす彼女たちの同情的な視線に居心地の悪い思いをしながら、アルテイシアは身支度を整えた。その後、お昼くらいまではふさぎ込んでいたものの、午後には普通に歩きまわれるまで心身ともに回復する。

好天に誘われ、日傘を手に屋敷内の庭園へ散歩に出ると、温室の前まで来たところで、執事に先導されたカティアがやってきた。

「アリィ！　ごめんね、連絡もしないで突然来ちゃって……」

「いいのよ。ちょうど、誰かとおしゃべりしたいと思ってたところだから」

アルテイシアは乳姉妹を、温室の中に案内した。

アールデコ調の真鍮の柵にガラスを嵌め込んだ温室は、鳥籠のような形をしている。広さは屋敷の大広間ほど。中に入ると、視界を埋め尽くすほどの薔薇の生け垣がまず目に入った。

その先には、砂利道にアーチを連ねた遊歩道がある。もちろんアーチは鮮やかに色づく薔薇の花と、緑の葉と、複雑に絡み合った蔓《つる》で覆われている。遊歩道の先、最も奥まったところには、大理石造りの瀟洒《しょうしゃ》な四阿《あずまや》が姿を見せた。白い大理石の建物は、緑の中でひときわ目立っている。

そしてその間どこを見ても赤、白、黄、薄紅の花が見事に咲き乱れる、まさに絢爛豪華な薔薇の園である。しかし目玉は何と言っても、四阿の周囲に配された黒い薔薇だった。四阿を厚く取り囲むように、ベルベットのごとく艶やかな黒い花が見事に咲き誇っている。色とりどりの花とはちがう、美しくも禍々しい存在感は、こうして見るとどこかオリヴァーに似ていた。

歩きながら、つい見入ってしまうアルテイシアとは対照的に、カティアは、いともめずらしい黒薔薇の生け垣にもさほど興味を示さない。

四阿の椅子に腰を下ろすや、彼女はテーブルに手をつき、身を乗り出してきた。

「とんでもないことが起きたのよ！　あの侯爵、本当にヤバい人かもしれないわ。今度こそ本気で離婚を勧めたいくらい」

友人の剣幕に、アルテイシアは目を丸くした。

「……とんでもないことって？」

「ヴィンタゼル家に勤めていた、メイドのジャニスっていたでしょう？」

「ええ」

他でもない。オリヴァーの疑惑について、最初にアルテイシアの耳に入れた人物である。

「彼女がどうしたの？」

「亡くなったわ」

「……え？」

重々しい口調で告げられたことに、呆けたような声を出す。

「自殺よ。でも妙なのよ。彼女はね、その前に新聞社に何かを持ち込もうとしていたの」

「何かって……」

「情報と、その証拠になる何かでしょうけど。とにかく新聞社の記者にアポを取ったのに、結局会いに来ないまま急に自殺したの。怪しいなんてもんじゃないわ」

暖かい温室の中にいるというのに、背筋を冷たい汗が流れる。

「そんな。ジャニスが……」

それきり絶句していると、カティアは人差し指をたてた。

「とはいえ何の証拠もないからね。侯爵が関わってると言いきることはできないけれど……、でも彼女は一介のメイドよ。そうそう事件のネタなんて手に入らないだろうし、ヴィンタゼルの旦那様か、奥さまの件だと考えるのが自然よね」

説明を聞いている間にも、昨夜のオリヴァーの声が脳裏によみがえる。

『君の父親が死んだのは、事故でも自殺でもない。私が殺したんだ』

『君の母親を死なせた』

（オリヴァー……、まさか……）

恐ろしい予感に頭がぐらぐらする。

血の気の失せた顔で、アルテイシアはカティアに訊ねた。

「……ジャニスのお葬式は？」

「明日らしいわ」

「……そう」

「どうする？」

「行くわ、もちろん」

彼女は長年、実家に仕えてくれたメイドである。元のとはいえ主人が葬式に顔を出すのは、おかしなことではないだろう。

「そう。じゃあ明日、ここに迎えに来るわ」

「いいえ。わたしはこれから別の場所に移るから、そこに来てくれる？」

「え？　別の場所？」

乳姉妹が怪訝《けげん》そうな顔を見せる。

アルテイシアの脳裏に、今朝耳にした夫の声がよみがえった。

『決して屋敷から出してはならない』

執事への、あの言いつけはあまりにも一方的だ。

彼を愛しているとはいえ、昨夜自分の自由を奪い、ひどく扱った振る舞いについては、到底受け入れることができない。

愛しているからこそ、両親の死についての告白にも傷ついた。

おまけにそれを快楽で屈服させるような、心ないやり方が追い打ちをかけた。

(何事もなかったかのように一緒にいることなんてできない……!)

今はただ、彼と距離を取って気持ちを整理したい。――カティアとの会話を通して、そんな思いが強くなった。

このまま、なしくずし的に夫婦関係を続けるのは、どう考えてもまちがっている。

首をかしげる友人に向け、アルテイシアは静かに告げたのだった。

「家を出てホテルに泊まるわ。しばらくオリヴァーから離れて色々考えたいの」

⚜ ⚜ ⚜

ホテルとは、一般の旅行者が利用する宿とはちがい、貴人が宿泊するための施設である。

歴史的な建造物を改装していることが多く、外観も内装も城館のように豪華なものであるのが普通だ。

社交シーズンに各地から集まる貴族のために、王都にはこういった宿泊施設が多数そろっていた。

アルテイシアは、必死に押しとどめようとする執事を押し切ってメイドに準備を言いつけ、ホテルへの移動を強行した。

とはいえ侯爵夫人たるもの、まちがってもひとりで宿泊などできない。

（こういうとき貴族は不便ね……）

夫と家の体面を守るためにも、アルテイシアはメイドを引き連れ、身の回りのものをごっそりとホテルへ持ち込まなければならなかった。当然、その行動は夫に筒抜けとなる。

（別にかまわないわ。心配させたいわけではないのだし……）

しばらくの間、ひとりになって考えたいだけだ。

彼だって昨日のことを考え、察してくれるだろう――

（お願い、わたしの気持ちを理解して。オリヴァー）

彼との結婚を後悔するようなことだけはしたくない。

祈るように心の中でつぶやきながら、アルテイシアは王都の中心部から少し離れた場所にある目的地に向けて馬車を走らせた。

しかし――結果として、その作戦は完全に裏目に出ることとなった。

オリヴァーがアルテイシアの意志を尊重することはなかったのだ。

すぐさまホテルに駆けつけた彼は、ずかずかと部屋に踏み込んでくるなり、後ろに伴っていた総支配人に向けて言った。

「ただの夫婦ゲンカだ。このまま連れて帰る」

「は……」

ホテル側はこういった騒ぎに慣れているようだ。オリヴァーだけを残して姿を消してしまう。

こちらの意志を無視したやり取りにあ然とする妻に向けて、彼は手を差し出してきた。

「迎えに来たよ。帰ろう」

穏やかに呼びかけてくる彼に、アルテイシアは首を振る。

「……放っておいて。ほんの少しの間でいいの」

こんな手を使ってまでも、しばらくひとりになりたいという意志を示したつもりである。これまでの経緯を考えれば不思議なことは何もないはずだ。

しかし彼は子供のように頑是《がんぜ》なくくり返した。

「帰ろう、アルテイシア。君は常に私の傍にいなければいけないよ」

「お願い。ひとりにして……！」

「だめだ！」

声を荒らげ、彼はこちらの手首をつかんできた。

「そんなことを言って逃げるつもりだろう？　もう私と一緒にいるのがいやになったんだろう？　ちょっと目を離せば、もっと遠くに行ってしまうんだろう？　……その手には乗るものか……！」

「オリヴァー。……お願い。あなたが……あなたが恐いの……っ」

母の死因を作ったのは自分だと言ったくせに。父をその手で死なせたと告白したくせに。

なぜそのように、平気な顔で娘であるアルテイシアと相対することができるのか。

どういう心を持てば、この期に及んでアルテイシアと一緒に暮らしたいなどと思えるのか。

少し前まで、この世の誰よりも愛しいと夢中になっていた端整な顔が、まるで知らない人のように感じる。

「わたし……あなたのことを愛していたいのに――」

薄青の瞳の中に、ひとかけらでも後悔や罪の意識がないかと探してしまう。しかしその努力は報われなかった。

本心を見せない謎めいた眼差しは、どんな疑念も期待も呑み込んでしまう。

「……もう愛していないのか？」

ぽつりと返されたつぶやきからは、人間らしい感情の一切が抜け落ちていた。

オリヴァーは妻を抱きしめようと、手をのばしてくる。

アルテイシアは一歩下がってそれを避けたものの、つかまれたままの手首を引っ張られ、無理やり抱擁された。

「いやっ……」

短く悲鳴を上げるこちらをなだめるように、彼は深く抱きしめてくる。まるで薔薇の蔓のごとく、しっかりと絡みついて自由を奪ってくる。

「おいで、アルテイシア。一緒に帰るんだ。私は君を手放したりはしない。決して」

「オリヴァー……っ」

身体をこわばらせるアルテイシアに頬ずりをしながら、彼は甘えるように言った。

「私は恐い男だ。あくまで君が私を拒むというのなら、何をしでかすかわからない。君が逃げ込む先、それを助ける人間を、ことごとく潰しにかかるだろう」

「まさか……そんな……」

「本当だ。だって君を手に入れるために、私はいくつも罪を犯した。今さらひとつふたつ増えたところで変わらない」

軽く言い放った後、耳朶にくちびるを寄せ、艶めいた声でささやいてくる。

「そんなことをさせないでくれ。お願いだ」

不穏当なセリフに、アルテイシアはカタカタとふるえ始めた。

これまで誰かからこのように脅されたことはない。それを、よりにもよって最も信頼していた夫からなされたことに衝撃を受ける。

「オリヴァー……」

小刻みに身をふるわせる妻を彼は両腕に抱き上げた。

「帰ろう。私たちの家へ」

大切に大切に運ばれながら、アルテイシアは、彼がもう二度と自分を地上に下ろすつもりがないのではないかという錯覚に陥る。

アルテイシアを愛していると言いながら、自分から離れる自由は決して認めないなど、まともな所業とは思えない。あるいは彼は、普通ではないのかもしれない。

これまでアルテイシアが気づいていなかっただけで、彼はいつだってアルテイシアを思い通りにしていた。

もしかしたらこの先も、彼は妻が自分の足で歩くことを許さないつもりなのかもしれない。

⚜　⚜　⚜

『こわい夢を見たの……』

子供の頃のある夜。

いつものように、そう言ってベッドに潜り込みに行くと、オリヴァーは泣いていた。アルテイシアの顔を見て、あわてて涙をぬぐっていたけれど、泣いているのがわかった。

を出した。


『オリヴァーもこわい夢を見たの？』

ベッドによじのぼりながら訊ね、手をのばして彼の頭をなでる。いつも彼がしてくれるように、気持ちを込めて頭をなで、そしてできるかぎり優しい声を出した。


『大丈夫よ、オリヴァー。わたしがここにいるから、もういやな夢は見ないわ……』

彼の真似をして、ませた口ぶりで言うと、彼はふたたび涙をこぼす。

一度はこらえたものが、あふれてしまったらしい。

『助けて、アリィ。助けて……つらいんだ……』

オリヴァーは泣きながら、アルテイシアに抱きついてきた。まるですがりつくように。

（うんとお兄さんなのに、わたしに甘えるなんて変なの……）

そう思いつつ、アルテイシアは十三歳の彼を抱きしめて、背中をぽんぽんとたたく。

『楽しいことを考えましょう？　サンドイッチとお菓子が山盛りになったアフタヌーンティーのこととか……』

自分にとっての楽しいことを思い浮かべて言うと、彼はうんうんとうなずく。

『もちろん、サンドイッチの中身はイチゴジャムよ……』

かわいいお菓子と、ふっくら焼けたスコーンと、甘いサンドイッチ。

ミルクをたっぷり入れた紅茶を、オリヴァーと共に味わうのだ。もしかしたら父も、ひょっこり仕事から帰ってくるかもしれない。

どれひとつとして欠かせない、アルテイシアの幸せの形。

頭の中で想像するうち、穏やかな眠気に包み込まれる。

アルテイシアはオリヴァーを抱きしめたまま、いつの間にか眠ってしまっていた。

⚜　⚜　⚜

(この人は誰……？)

ぐらぐらする頭の中でぼんやりと考える。

自分を組み敷く相手は、愛する夫のはずだ。でも——

(こんな人は知らない。オリヴァーじゃない……っ)

まるで外見はそのまま、中身だけが別の人間と入れ替わってしまったかのようだ。

彼はアルテイシアをフィッツベリー・ハウスに連れ帰るや、温室に連れ込んだのである。

そして黒薔薇の生け垣に囲まれた四阿にあるテーブルの上で、これまでは寝室でしか行ったことのない行為を始めようとした。

もちろんアルテイシアは抵抗したが、オリヴァーは欠片ほども意に介さなかった。それどころか平気な顔で、ボンネットのリボンを使い、アルテイシアの両手を後ろ手に縛ってきた。

「きちんと教えないといけないようだ。君が自由を謳歌《おうか》できるのは、私を愛しているときだけ。一瞬でも私への想いを疑うことがあれば、たちまちこうして思い知らされることになるんだよ」

温室はガラス張りのため、夕暮れ時の今は、血のように赤い夕日に照らされている。

禍々しい赤い光は、オリヴァーの歪んだ微笑を、むしろ美しく包み込んだ。

「君は身をもって知るだろう。すでに逃れがたく私に支配されていること。そして……最後には、君自身がいかに必死に私を求めることになるのかをね」

耳を疑うような夫の言葉を、アルテイシアは目に涙を浮かべて首を振る。

「想いを……強制することは……できないわ……」

「でもこの世で君と私、ふたりきりしかいないとしたらどう？」

「そんな想像は……現実的じゃない……っ」

「そんなことないさ。私はこれから君をこの温室に閉じ込めるつもりだから。君が言葉を交わす相手は私だけ。そして君は毎日、私に抱かれるんだ」

彼はリボンで後ろ手に拘束された妻を、うつ伏せにしてテーブルに押しつけてきた。

「身体は奪われても、心だけは奪われないなんて幻想だよ。身体と心はつながっているのだから。身体の希求は、心にも少なからず影響を及ぼす——」

温厚で優しかったオリヴァーはどこに行ってしまったのか。

アルテイシアをテーブルに押さえつけたまま、彼は空いている右手で、ドレスの上からやんわりと下肢の付け根を刺激してくる。

「やめてっ……、……ぁ、……っ」

言動とは裏腹に、その手つきは悪魔のように優しかった。

敏感な突起があるあたりをゆるりゆるりと執拗に擦られ、たまらなく甘い痺れが湧き上がってくる。快楽を覚えて久しい身体は、淫らな愛撫にたちまち火をつけられてしまった。

「……ぁっ……」

手の動きに従い、もぞもぞと腰が動き始めると、彼は自らの腰を押しつけてくる。

すでに硬いその感触に鼓動が速まり、息が乱れていく。耳まで赤くなった妻に向け、彼は傲然と言い放った。

「ね？　心よりも身体のほうが正直だ。君は私を愛し、欲している」

「やめて……！」

腰を振って逃げようともがいたものの、それはかえって彼の欲求を煽ることになった。

性急な仕草でドレスの裾をめくり上げられ、ドロワーズを片手で脱がされてしまうと、アルテイシアの臀部と、まだほころび始めたばかりの花びらが露わになる。

温室の中で秘部をさらす羞恥を感じる間もなく、彼はそのまま後ろから欲望を突き挿れてきた。

「いやぁ……っ」

首を振って叫んだものの、すでに硬く漲《みなぎ》った屹立は、みちみちと花びらの中へめり込んでくる。

「……ぁっ……ぅっ、ぅ……っ」

わずかな前戯を施されただけの場所に対する暴挙は、まるで罰を与えるかのようだった。硬い灼熱が、容赦なく隘路を突き進んでくる息苦しさに喘ぐ。

その背後でオリヴァーがうめいた。

「あぁ、きつい……。苦しいだろうね。私もだ――」

「ぁぅっ……」

暴れる腰を押さえつけ、彼は剛直でぐぐっと奥まで貫いてきた。

さらには苦悶の声を上げるアルテイシアにも斟酌《しんしゃく》せず、欲望にまかせ、好き勝手に腰をゆすり始める。

「君に避けられて、逃げられて、拒まれて……苦しくてたまらない……っ」

「あっ、んっ……、んぅ……っ」

内壁は初めのうち、頑なに異物の侵入を拒んでいた。しかしふくらんだ熱杭がぐいぐいと抜き挿しされるのに従い、少しずつほぐされていく。それどころか、こんなにひどくさ

れているにもかかわらず、内奥を穿たれるごとに性感を刺激され、隘路がうるおい始める。乳頭までもがツンと尖り始め、その反応にアルテイシアは大きく首を振った。

「いや……っ」

オリヴァーの信じがたい行為の中に――自分勝手な不満を伝えてくる言葉の中に、アルテイシアを求める気持ちばかりがあふれているのを感じれば、心が独りでにさざめいてしまう。……たとえ彼の振る舞いを許せないと、頭では考えていたとしても。

アルテイシアの中が、傲慢な欲望を突きつける彼の形になじむのに、時間はかからなかった。

こんな場所で秘部をさらすことへの抵抗がわずかに残っていたものの、いやらしい腰遣いで責め立てられるうちに、身体の内側からにじみ出てきた歓びによって洗い流されてしまう。

「……んっ、……はぁ、……あっ……ぁ……っ」

ついにその部分がぐちゅぐちゅと音を発するようになると、彼の動きはさらに勢いを増した。

脈打つ茎で柔襞を擦られ、ずしりと重い突き上げで奥を抉られれば、悩ましい官能はいや増していく。

快楽を覚えた肉体はどこまでも燃え立ち、自分の意思とは関係なく蜜洞を収縮させてしまう。熱を帯びて疼く媚壁が雄茎をなまめかしく締めつける。

背後でオリヴァーが心地よさそうに喉を鳴らした。

「身体はたやすいね。こんなにも簡単に私を受け入れてくれる。……心もこのくらい素直だといいんだけど……」

軽い口調で言い、彼はずぶりと根本まで突き入れ、押しつけた腰を揺らしてくる。

「あぁンっ！　ぁあっ、ぁ、……っ」

内奥の性感をずくずくと刺激され、下肢が溶けるような快感を覚えて背中をのけぞらせた。

ぬぐっと腰を引かれれば、張り出した切っ先にかきだされた蜜液がどろりとあふれ、内股を伝って落ちていくのを感じる。

そしてまたずぶずぶと押し込められてくると、腰の奥までゾクゾクと痺れさせる甘い感覚に、無意識のうちに胸が反る。

「ひ、ぁあ……っ」

こんな方法で言いなりになどさせられたくないのに、身体の深いところまで欲望を埋め込まれ、淫らに振り立てられれば、いやらしく腰が揺れてしまう。

その動きに合わせて、アルテイシアの官能を知り尽くした彼は、時に角度を変えて、深さを変えて、敏感な箇所ばかりを巧みに捏ねまわしてきた。

ことに下がってきた内奥を切っ先で執拗に抉られると、目蓋《まぶた》の裏で星が砕け散る。

「やぁぁぁ……！」

鮮烈な快感に貫かれたアルテイシアは、脚から力が失われ、膝がくずれ落ちてしまった。

するとオリヴァーは、逃げることがかなわなくなった妻の左脚を折り曲げるようにして、テーブルの上に載せた。テーブルにうつ伏せの状態で、信じがたいほど大きく脚を開かされた格好である。

突き出す形の淫唇から、ぐぷぷ……っと雄茎を引き抜きながら、彼は歌うようにつぶやいた。

「こうすると……ほら、君のこぼす歓びの蜜が床にしたたるんだ。まるでヨダレみたいにね」

おそらく蜜壷からかきだされた大量の愛液が、石畳の上にしたたり落ちているのだろう。

彼はぐぷぬぷと、わざと音を立てるようにして剛直の抜き挿しをくり返す。

「最高にいやらしくていい眺めだ」

「い、言わないで……っ」

想像するだけで赤面してしまう。

いやいやをする妻の耳朶に口づけると、彼は一気に腰を突き出してきた。

「あぁン……！」

ズシンッと容赦なく蜜壺を抉る怒張の淫撃に、アルテイシアの顔が恍惚に歪む。足の先まで痺れるような快楽に包まれ、熱杭を根本から絞り上げるように、淫路がきつく収縮する。

ビクビクと上体をひくつかせる妻の背中に覆いかぶさり、彼は耳元でからかうようにささやいてきた。

「それにすごく尖ってる」

「え……？」

「ここがさ」

つぶやきの意味を示すように、下肢の前方に彼の手がのばされてくる。

「まるで男のものみたいに硬くなって勃ち上がってるよ」

長くて器用な指は、充血してふくれ上がった淫核をつまみ、こりっこりっと上下に扱いた。

「ひぃっ……やぁあぁっ……！」

下腹を貫く快感に脳髄まで灼かれ、喉を反らして身も世もなく喘ぐ。苛烈な感覚が身の内で暴れまわり、全身が魚のようにビクビクと跳ねてしまう。

一瞬にして、アルテイシアは法悦の極みへと飛翔《ひしょう》した。

頭を振り、涙を流し、ずっしりとした熱杭を中に吸い込むようにきつく締めつけて、鋭すぎる快感に陶酔する。しかし——絶頂に至ったというのに、休むことはかなわなかった。オリヴァーが指で淫核を執拗に嬲《なぶ》り続けるためだ。

最も敏感な粒を襲う甘い責め苦に、アルテイシアは意識が飛ぶほど感じてしまい、高みに達し続ける。

淫熱の波は激しすぎ、呑み込まれたまま逃れることもかなわない。

できるのはただ、涙を流して懇願するのみ。

「やぁぁっも、ゆるしてぇっ……！　あぁっ、ゆるしてぇぇ……！」

しかし彼は斟酌する様子がなかった。

「こうすると中がぎゅうぎゅう締まって最高だ。君がこんなに欲しがりだなんて、知らなかったよ」

そんなことを言いながら、今にもテーブルから落ちそうな身体を勢いよく突き上げてくる。

押し上げられた腰が落ちてくる瞬間を見計らい、ふたたび腰をたたきつけてくるのだ。

「やあぁっ！　……ぁんっ、……はぁンっ！　……んあぁっ……！」

ぶつかり合う下肢が、まるで打擲《ちょうちゃく》するような音を立てる。

下がってきている内奥をズシン！　と強く突かれるたび、焼けつくような強烈な快感に襲われ、全身に響き渡る。

そしてその間にも、興奮しきった淫核は意地悪な指にヌルヌルと弄ばれているのだ。ガクガクと腰が跳ね踊るたび、淫唇は蜜をまき散らした。

「あぁあぁっ！　ぁあっ、……やぁ、あぁぁぁ……っ！」

極まったと思えば、また新たな歓喜によって頂へと押し上げられる。絶頂の果てに、延々と留め置かれ続ける。

こんな快楽には耐えられない。アルテイシアはすすり泣きながら、髪を振り乱して懇願した。

「オリヴァー……っ、オリヴァー……っ！」

「君が招いたことだよ。私は君にできる限りの優しさをもって接した。にもかかわらず、背を向けるなら、こうするしか、ないじゃないかっ」

言葉が途切れるごとに、自重によって深々とねじ込まれる灼熱が、いっそう強すぎる快楽を生む。

脈打つ雄がずしんずしんと抽送されるたび、獣じみた情欲がアルテイシアの身体を堕落させていく。

「ぁあぁっ！　あーっ」

あまりにも深い結合と、雌しべへの指淫により、尽きることのない激しい法悦が押し寄せ、アルテイシアは甘い悲鳴を上げて臀部を振りたくった。

そしてそれがオリヴァーの興奮をますます煽り立てていく。

「私から逃げようとしたら、こういうことになるんだ。よく覚えておくといい」

「……いやぁっ、……こんなっ……あぁあっ！　ぁあぁっ……！」

オリヴァーはまるで人が変わったかのように、アルテイシアを貪りにかかってきた。

より深いところへと押し込まれるたび、野太く重い快感が、背骨から脳髄までびりびりと駆け抜ける。

充血して腫れ上がった雌しべを捏ねられながら、最奥をぐりぐりと抉られ、何度目かわからない高みへと昇り詰める。

「あはぁあっ！　いやっ、やぁあぁぁ……！」

果てているというのに、オリヴァーは猛然と腰の律動を続けた。アルテイシアの淫核を指先で嬲り続けながら。

身を苛む歓喜のうねりは果てることなく、アルテイシアはひとりで達し続ける。

淫虐はそれからも延々と続いた。

あまりにも激しい交歓に、いつの間にか気を失っていたようだ。

気がつくと、アルテイシアはどこかに寝かされていた。

視界に入ってきた屋根は、白い大理石造りの四阿のものである。しかし背中に当たる感触は柔らかい――

ぼんやりと屋根を見上げていると、オリヴァーの声が降ってきた。

「四阿のテーブルを外に出して、代わりに寝台を運ばせたんだよ」

こちらをのぞきこんでくる顔の位置から察するに、どうやら寝台の隅に腰かけているようだ。

「しばらくはここが私たちの愛の巣だ。大勢の人間が出入りする屋敷より、こちらのほうがずっといい」

「――……」

夫の優しい笑顔にアルテイシアは困惑した。一瞬、先ほど自分の身に起きたことは夢なのかと思ってしまう。

しかし身体はひどい怠さを訴え、下肢の一点には痺れるような違和感がある。

（あれは夢などではないわ……）

にもかかわらず、彼は何事もなかったかのように、ほほ笑みかけてくる。

アルテイシアは身体を清められ、きちんとドレスを着せられていた。そのことにホッとしつつ、話をするために身を起こそうとする。

「オリヴァ――え……？」

起き上がろうとしてバランスをくずしたアルテイシアは、身体の前で両の手首を縛られていることに気づいた。

自由を奪っているのは柔らかい絹のリボンである。ゆるく巻かれているため痛みはなかったものの、自分で取り除くことはできそうにない。

「……どうして?」

小さく首を振りながら訊ねる妻を見下ろして、彼は静かにほほ笑んだ。

「君の自由を奪うと、気持ちが落ち着くことに気づいたんだ」

「今すぐ外して。——おかしいわ、こんなの……」

リボンを巻かれた手首を差し出すと、オリヴァーはクッと喉を鳴らし、「今さらだな」と笑った。

「その通り。私はまともではないんだよ。君に恋焦がれ続けた長い日々が、私をこういう人間にした」

赤く染まった光の中で、ムーンストーンに似た瞳が、見たこともないほど冴え冴えと輝く。

そのまま彼はアルテイシアを組み敷き、ふたたび挑んできた。悲鳴を上げて拒み、背を向けようとする妻の抵抗を易々とあしらい、際限なく身体を求めてくる。

これまでの優しく思いやり深い彼はどこに行ってしまったのか、責め苛んでくるその態度は、悪魔としか言いようのないものだった。

「君は泣き顔も美しいね。泣いてもムダだ。私は君の泣き顔にもゾクゾクするんだから」

冷酷で、傲慢で、ただただ恐ろしい男になった夫に組み敷かれ、アルテイシアは為す術もなく貪られるばかり。

なのに彼は言うのだ。

まるですべてがアルテイシアのせいでもあるかのように。

「不思議だ。女性なんか星の数ほどいるのに。どうして君じゃなければならないんだろう？　私が愛したいと思うのも、この手で幸せにしたいのも、同じくらい泣かせたいと思うのも、君だけなんだ」

とめどなく涙を流す妻に口づけ、彼は甘く甘くささやいてくる。

「自由になれるものなら、なりたいと思うのは私も同じだ。なぜこんなにも私の心を縛る？　そのくせ自分だけさっさと僕を想う心を捨ててしまったとはね。本当に許せないよ――」

心を蕩かすように優しい声で、甘く甘くささやいてくる。

⚜　⚜　⚜

オリヴァーは、その後もアルテイシアを解放することはなく、温室に閉じ込め続けた。

ガラス張りの建物のため、日中は明るく開放的な場所である。おまけに黒薔薇以外にも様々な色の薔薇が咲き乱れ、室内は常に馥郁《ふくいく》たる香りに満ちている。

しかし細かく張り巡らされた真鍮の格子《こうし》に阻《はば》まれ、抜け出すことはかなわなかった。アールデコの模様を描く格子は、まるで優美な牢獄のようだ。

鍵《かぎ》を持っているのはオリヴァーと執事のみ。しかし執事はアルテイシアが急病などにならないかぎり、鍵を使用しないよう厳命されているらしく、扉が開けられるのは基本的にオリヴァーが家にいるときのみである。

身のまわりの世話をするメイドを除けば、彼の言葉通り、アルテイシアの視界に入る相手はオリヴァーだけだった。

初めのうちこそうちひしがれ、何をする気にもなれなかったアルテイシアだったが、二、三日もすると逃げ道を探さなければ、という意識が心の中で頭をもたげてくる。

(嘆いてばかりではいられないわ……)

自分からオリヴァーを遠ざけようとしてくれていた父のためにも、このまま彼の思い通りにさせておくわけにはいかない。自分のことは自分で解決しなければ——

そんな思いで、アルテイシアは温室の中を探検しに出た。これまでは遊歩道や四阿の周囲を見るばかりで、隅々までじっくりと歩いてまわったことはなかったのだ。

その結果、四阿から少し離れた温室の端——白い薔薇に囲まれた日当たりのいい場所に、小さな十字架が立てられているのを見つけた。

「……何？」

地面に立てられているのだから、何かの墓なのかもしれない。あまり汚れていない様子から察するに、まだ新しいのだろう。

しゃがんでよく見ると、十字架の前には「安らかに眠れ」とだけ刻まれた石が置かれていた。

（いったい誰の……？）

人間の墓なら名前がないのは不自然だ。

（飼い犬か何かを弔ったのかしら……）

もしオリヴァーがそうしたというのなら、彼はやはり思いやりのある人なのだ。

少年の頃からずっとそうだったように――

「……待って？」

ずっと心の中で引っかかっていた疑問が、そのときふと浮かび上がる。

（十二年前、オリヴァーはなぜ火遊びなんかしたの……？）

彼に火で悪戯をするような癖《くせ》はなかった。なのにある日突然、母の――彼にとっては叔母の温室の近くで火を使うなど、よく考えると不自然だ。

（何かそうするだけの事情があったの……？）

黒薔薇の温室を燃やしたくなるような理由が、何かあったのだろうか？

（そういえば……）

昔、恐い夢を見て彼の寝室に向かったとき、時々彼が泣いているのを見かけた。

『助けて、アリィ。助けて……つらいんだ……』

彼はそう言って、アルテイシアにすがりついてきた。――それは一度や二度ではなかった。

あのときは、夢のせいで泣いているのだと思っていたけれど……。

（……オリヴァーに訊かなきゃ。何があったのか）

アルテイシアは墓の前で軽く十字を切ってから立ち上がる。

さらに歩くと、今度は物置を発見した。門衛の小屋と同じくらい小さなその中をのぞいてみると、肥料や剪定の道具などが置かれているようだ。

棚の様子を見るともなく眺めていると、中段の隅に、色褪せた革の旅行鞄《かばん》が置かれているのが目に入った。古いもののようだが、傷などはなく、見た目はきれいなままだ。

「なんでこんなところに旅行鞄が……」

つぶやきながら、ひと抱えほどもある鞄を手に取り、床に下ろして開けてみる。

中には、鞄と同じく古びた私物が少しと、本が数冊入っていた。

「これは……」

どれも若い女性が好みそうな恋愛小説である。

一冊を手に取ってページを開いてみると、最初のページには、イレーネ、と母の名前が書かれていた。

（お母様の本……？）

このフィッツベリー家の屋敷は母の実家でもあるため、別に不思議なことではない。

冷たかった母に、こういった類の本を読む習慣があったことを意外に思いつつページを繰っていると、真ん中あたりに一葉の写真がはさまれていることに気づいた。

セピア色の写真を目にして、アルテイシアは目を瞠る。

（これ……オリヴァー……!?）

若き日の母と、その横に立つ、ひと目見てわかるほど秀麗な美貌の青年。

青年の容貌は、生き写しと言ってもいいほどオリヴァーによく似ていた。

アルテイシアは思わず写真をつまんで見入ってしまう。

（オリヴァーのはずはないけど……でも――）

写真の中で、イレーネは幸せそうな笑顔を浮かべていた。

実の娘であるアルテイシアも見たことがないほど、満たされたほほ笑みである。

傍らに立つ青年は、親密な仕草で彼女の肩に手を置き、優しくほほ笑んでいた。

「あ……」

もしかして母の兄――つまりはオリヴァーの父親である先代のクラウンバーグ侯爵だろ

うか。

（きっとそうだわ）

　であれば、驚くほどオリヴァーに似ていることもうなずける。

　それに母のこの笑顔――

（そういえば、お母様は確か、この方ととても仲が良かったとか……）

　アルテイシアは、昔どこかで聞いた話を思い出した。

　イレーネとその兄は、親戚の中でも評判の仲睦まじい兄妹だったとか。そう……常に一緒にいるため、あらぬ仲を疑われるほどに。

（でも……そんなはずないわ）

　イレーネには、結婚前に恋人がいたと言われている。それゆえ父親が決めた結婚に最後まで抵抗したのだと――

　そこまで考えたとき、ふとある思いつきがアルテイシアの脳裏を掠めた。――否、そうと認識する前に、アルテイシアは思いつきに蓋をした。

　なんとなく、考えてはいけないことのような気がしたのだ。

「…………」

　だが、眺めていた写真を本の中に戻した、その瞬間。

「気がついてしまった？」

思いつきの蓋をこじ開けるように、背後でオリヴァーの声が響いた。

「…………っっ!?」

「私が君の家でどんな目に遭っていたのか、もしかしてわかってしまったかな」

驚いてふり返るアルテイシアを、彼は背後から腕をまわして抱きしめる――かに見せて、写真ごと本を取り上げる。

「まさかこんなところに、叔母上の荷物が残っていたとは……」

写真を眺め、彼は軽くほほ笑んだ。

「噂は本当だ。叔母上は、実の兄である私の父と恋仲だった。だから愛した相手によく似た私を見て、平静ではいられなかったんだろうね」

「オリヴァー、何のこと……？」

自分はただ、母が婚前につき合っていた相手というのは――実の兄なのではないかと、つい考えてしまっただけだ。

オリヴァーを見た母が平静ではいられなかったとは、どういう意味なのか。

怪訝な思いで問うアルテイシアに、オリヴァーは「しまった」とばかり眉を寄せる。

「何でもないよ。行こう」

彼にしては雑なごまかし方に首をかしげた瞬間、アルテイシアの脳裏を、先ほどの疑問が横切った。

温室での不可解な火遊び。

オリヴァーはやはり、あえて火をつけたのではないか。

(だとしたら、その理由は……?)

兄を愛した母は、その兄にそっくりな甥を前にして平静を失い――そして?

「…………」

そのことに思い至ったとたん、さぁっと音を立てて血の気が引いていく。

「母は……母はまさか、あなたに……」

青ざめて立ちつくす妻を目にして、彼はため息をついた。

「言い訳するわけじゃないけど……君には知られないようにするつもりだったんだ」

旅行鞄に向けて本を放り投げ、彼は今度こそアルテイシアを抱きしめてきた。

そして耳元で切なくささやいてくる。

「あの頃――毎晩、私が君の母親の慰みものにされていただなんて……知ったら、君が傷つくだろうから」

「オリヴァー、まさか……っ」

胸を抉る真相に背後をふり仰ぐと、彼は底の見えない薄い笑みを浮かべていた。

そして懐から何かを取り出す。――目の前に差し出されたそれは、艶やかな黒いリボンだった。ドレスのウェスト部分でアクセントに使われるような、幅のあるサテンのリボンである。

「縛るのは叔母上の趣味だった。あの人が私に教えてくれたんだよ。自由を奪って、相手に無理やり言うことを聞かせる悦楽を」

「オリヴァー、……やめて……」

絶望にかすれる声でつぶやき、頭《かぶり》を振る妻の目にリボンを当てて、彼は目隠しをしてくる。

不安から、反射的に結び目へとのばしたアルテイシアの手をやんわりと押しとどめ、低く艶めいた声が、耳元でうっとりとささやいてきた。

「黒薔薇の温室で、私が叔母上にどんなことをされていたのか、じっくり教えてあげよう」

「昼日中に、咲き誇る薔薇に囲まれた場所で自分をさらけ出す気分はどうだい？」

コツコツという靴の音が、寝台の周りをゆっくりとまわる。

彼はあらゆる角度からアルテイシアを眺めているようだ。――自分の手がけた作品を。

「思うに、秘密の花園という言葉は、こんな光景にこそふさわしいのではないかな」

声はくすくすとひそやかに笑う。目隠しをされたままのアルテイシアは、尽きぬ悦楽に身を苛まれながら首を振った。

「……ぁっ……、はぁっ……、オリヴァー……、こんなの、……やめて……っ」

寝台には、一面を覆うように黒い薔薇の花びらが敷き詰められているらしい。

真昼間という時間のせいか、温室はいつもより気温が高く、寝台の上はむせ返るような薔薇の香りに満ちている。

その上に、アルテイシアは生まれたままの姿で、縛られて置かれていた。

腕は後ろでひとつにされ、突き出すように反らした胸は、ふくらみを強調するようにロープを巻きつけられ、脚に至っては膝を折り曲げるようにして縛られたあげく、ほぼ水平になるまで開いた状態で固定されている。

目隠しをされているため、自分では見えないとはいえ、想像するだけで気を失いそうなほど卑猥な格好だ。

しかし、アルテイシアはくちびるを噛んで羞恥に耐えた。なぜなら――これらはすべて、彼がまだほんの少年の頃、イレーネにされたことなのだという。

彼は自分の体験を再現しようとしているようだ。

「黒い薔薇の花びらに、肌の白さが映えてきれいだ……」

そう言うと、なまめかしい手つきで内股をなでてきた。

「上気して汗にまみれた肌なら、もっと映えるだろうね」

無慈悲な声に次いで、閉じることができないよう拘束された秘部が、熱く蕩けるような、圧倒的な快楽に包み込まれる。

「ひぁぁ……っ」

口に含まれたのだ、と察する。

視界と自由の双方を奪われている分、快感はいつもよりも深く激しいものだった。

アルテイシアは不自由な身体を蛇のようにくねらせ、喉が嗄れるほどに声を張り上げた。

包皮の中から頭を出した淫芽はもちろん、蜜口の浅いところにある弱点や、洪水のように蜜をこぼす淫唇の中の深いところまで舌をのばして舐り、内壁を舌先で抉られる。さらには指を挿れ、舌では届かない奥の性感までもぐにぐにと刺激してくる。

目隠しのみならず、まとわりつくような薔薇の香りがアルテイシアの官能を高めてやまない。いつだったかオリヴァーから、薔薇の香りには誘淫作用があると聞いた。その真偽を身をもって味わわされているわけだ。

容赦のない口淫により、アルテイシアはあまりにもたやすく、何度も昇り詰めた。

「美しいよ、アルテイシア……」

敷き詰められた黒い花びらの上で淫らに縛められ、秘処を濡らしてピンク色に染まった肌をさらす妻を前にして、彼はしみじみとつぶやいた。

「絵画にしてとどめておきたいほど魅惑的な姿だ……」

アルテイシアは弱々しく首を振った。

「……おねが……、もう、抱いて……っ」

かぼそく、声をふるわせて訴える。

自分からそんなことをねだるのは、ひどく恥ずかしいことだった。しかしそれを押しても、この状況は耐えがたい。一刻も早く終わらせてしまいたい。

身の内をさざめき渡る愉悦の波に声を詰まらせつつ、懇願する。

「……お、ねがい……オリヴァ……っ」

「ここに、挿れてほしいの?」

無造作な声と共に、蜜口のふちをすぅっと指先でたどられる。

「ぁン……っ」

快楽にふやけた身体は、たったそれだけの刺激でヒクリと揺れてしまった。アルテイシアは羞恥を噛みしめ、こくこくとうなずく。

「いいよ」

軽く言い、オリヴァーがどこかに行く気配がした。ほどなく戻ってくると、彼はベッドの枕元に何かを置き、アルテイシアの傍らに腰を下ろす。

「君と食べようと思って、ボウルに入れてたくさん持ってきたんだ」

「…………？」

　ということは、枕元に置いたのはボウルなのだろう。

　とまどう口元に、何かが軽く押し当てられた。瑞々しい甘い香りと、ぶつぶつとした表面。

（これは――）

「何だと思う？」

「イチゴ？」

「当たり。真っ赤に熟れた大粒のイチゴ」

　そのまま口に押し込まれた。ヘタは取ってあるようだったため、味わって呑み込む。

　嬌声を上げすぎて嗄れた喉に、甘い果汁が染みこんだ。

「君はイチゴが大好きだからね――」

　悪戯めかした口調を怪訝に思ったとき、下肢の蜜口に、何かひんやりするものが押しつけられた。

　ハッとする間に、小さな塊が、ぬぷっと押し込められてくる。

「いや……っ。オリヴァー……っ」

　柔襞で感じるその正体に、アルテイシアは頭を振った。

「でもおいしそうに呑み込んだよ。——イチゴ」

言うや、もうひとつ。さらにひとつ、と無防備にさらされた淫唇に、彼はぬぷぬぷといくつもイチゴを押し込んでくる。

最初に挿れられたイチゴは、後から挿れられてきたイチゴに押されるようにして、少しずつ奥へ潜り込んできた。

やがて、信じられないような奥までイチゴが届くと、出っ張った部分が弱い箇所にふれて、息が詰まるほど甘く疼いてしまう。

「や……っ、いやぁっ……」

「こんなに涎を垂らして頬張って。いやらしいね、アルテイシア」

言われるまでもなく、自分の中が果物を締めつけて歓んでいるのは、いやというほど感じ取れる。自身の卑猥な反応に、アルテイシアは「ちがうの、ちがうの……っ」と頭を振ってくり返した。

むせび泣きながらも、奥に当たったイチゴがもたらす痺れるような歓びに喘ぎ、身をよじる。

敏感な蜜口からどっと愛液があふれ出す。

「……いやぁっ、こんなっ……！　わたしっ……わたし、いやらしくなんか……っ」

「でもほら……大好きなイチゴにこんなに感じて。いけない子だ……」

揶揄を込めて言いながら、オリヴァーはまたしても淫核を口に含んできた。

「やぁ、ぁあぁぁ……！」

腰が抜けるような気持ちよさにきつく背筋を反らし、あまりにも深く卑猥な快感に耐える。

舌先で抉るように襞を舐めまわし、淫核をぬるぬると巧みにくすぐってくる。途方もない快楽に炙《あぶ》られ、眩暈すら感じる残酷な愛撫に、内股がびくびくふるえてしまう。

媚壁はいっそう強く、きゅうきゅうとイチゴに絡みついた。

「ああっ、だ……め、ぁあっ、……ぁあっぁっぁっぁぁっ……！」

じゅるじゅる音を立てて淫核を吸い立てられる灼熱感に、目の前が真っ白になる。

恍惚に貫かれたアルテイシアの身体は、快感を追うのを止めることができなかった。

蜜洞で中のものを強く引き絞り、大きく開かされた下肢を突き上げるようにして、脳髄まで貫く歓喜に身をまかせる。

オリヴァーが愉悦混じりにつぶやく。

「なんてことだ。イチゴを挿れられて達してしまったの？」

「あっ、ちがっ……ちがぁ……っ」

「でも今……蜜だけじゃなくて、感じすぎると出てしまう飛沫が、ぴゅっぴゅって噴き出したよ」

嬲る言葉に、「いやぁ……っ」と必死に首を振る。

「わたしじゃない。……わたしじゃない、こんなの……っ」

「これが君なんだよ。恥ずかしい場所にイチゴを挿れられて、気持ちよくてたまらなくなってる」

中のイチゴがこぼれ落ちそうになると、彼は指先でぐっと押し戻してきた。

その衝撃すら奥まで甘く伝ってくる。

「ひぁあっ！　ちが……っ、ちがうの、これは……っ」

「イチゴ、好きだろう？　ジャムサンドも、そのまま食べるのも」

「すきじゃないわ、こんなの……っ」

「でもここは欲しがってるよ？」

「ほしがってなんか……っ」

否定すると、彼はまたしても蜜口から頭を出したイチゴを指で押し込んできた。

中のイチゴがぐぐっと内奥を刺激してくる感覚に、「んはぁ……っ」と甘く蕩けた悲鳴を上げる。

「こんなに咥え込んでおいて、何を言ってるの？　奥までいっぱい詰められてるのに、まだ入るって言ってるよ。……ほら、ここ。ヒクヒク動いておねだりしてる」

そう言いながら、彼は蜜口からこぼれ落ちそうになったイチゴを、指先でぐいぐいと押し込んできた。

媚壁を責め立ててくるゴロゴロとした感覚が、繊細な性感をかき乱す。いっぱいになった蜜壷を襲う甘い刺激に、彼の言葉通り蜜口が淫らにわななく。

絶え間なく突き上げる快感に背筋を痙攣させながら、アルテイシアはあられもなく啼き喘いだ。

「いやぁっ、ほしくないっ、……ほしくないの……っ」

「でも身体は欲しがっているんだね。いいよ。あげるよ、そら。もうひとつ」

ぐぷっと押し込められる。中のイチゴが動いて、それぞれ出っ張った部分で、感じすぎてしまう蜜壁を卑猥に擦り立ててくる。ことに最奥の性感をぐにぐにと圧迫され、アルテイシアは突き出した胸を大きく弾ませて、不自由ながら身をよじる。

「はぁぁン……！」

「気持ちよさそうだね。アルテイシア」

ぎゅぅぅっとイチゴを締めつけて絶頂に至る妻の傍らで、彼はこれみよがしにつぶやく。

――まるで自分の言葉がいかに正しいかを理解させるように。

そしてアルテイシアは反論することができなかった。

何しろ淫らに調教されたこの身体は、こんなに淫靡な責め苦にも歓んでいるのだ。

（うそよ……！）

目隠しの下で涙があふれる。

異様な方法で、自らの意志に反するものにされていくことへの不安。望まぬことをされているはずなのに、感じてしまうことへの苦悶。

そして圧倒的な——淫戯への歓喜。

あらゆるものの混ざり合った涙をこぼし、打ちのめされてすすり泣く。

彼はそんなアルテイシアの頭をなでてきた。

「いやらしい妻の姿を見ていたら、私もたまらなくなってきたよ……」

黒い花びらの上で激しく身悶え、真っ赤に火照った身体をひくつかせる自分の姿を想像し、さらなる涙がこみ上げる。

頭をなでていた彼の手は肌を這い進み、やがて脚の付け根へと滑り下りてきた。

「そろそろイチゴを出してあげようね」

そんな言葉と共に、中にぐぐっと指を挿し込まれる。

それでイチゴをかきだそうというのか、押し込んだ指は中を大きくかきまわした。結果、重なり合ったイチゴが、それぞれぐりぐりと媚壁を擦って暴れまわり、アルテイシアはさらなる悲鳴を上げる。

「ひぁあっ、あっ、いぃっ——いやぁ！　……、ダメっ……それ、しないでぇ……っ……！」

詰め込まれたイチゴが、熟れきった内壁を蹂躙するごとに、小さな波のような快感がくり返し襲いかかってくる。

あげく指が入ってきたことで余計に強く奥を刺激され、縛られた肢体がびくびくと痙攣した。今にもはち切れそうなほど蓄積されていた快感が、あっけなく決壊してしまう。

「やぁぁあぁ……！」

下腹で噴出する濃密な歓喜に、アルテイシアはきつく目を閉じた。

「またイチゴで達してしまったの？」

残りのイチゴをひとつひとつかきだしながら、オリヴァーが苦笑混じりにつぶやく。

「なんてこらえ性がないんだろうね。十三歳の頃の私は、こんなことでは達しなかったよ」

「ごっ、ごめ……なさ……っ」

と――今度はごく耳元で、彼の低いささやき声がした。

「本当の君は、こうした歪な快楽を好む淫乱なたちなんだ。わかったかい？」

「うっ、……ひぅっ……」

すすり泣きながら首を振るも、耳朶にふれるため息で諭される。

「そうじゃないなんて言い張るなら、またこうして思い知らせてあげるよ？」

「……ぅ……っ」

それだけはいやだ。こんな耐えがたい責め苦は二度と受けたくない。

アルテイシアは泣きながら、うなずくより他になかった。

「……わかった……わ……」

「いい子だ」

しごく満足そうに返した後、オリヴァーはくちびるを重ねてきた。

舌と舌とを絡める深く淫らなキス——と共に、甘い香りが口腔に流れ込んでくる。

「う、ぅ、ん……っ」

あっという間に口の中に広がった果実の香りに首を振った。彼は、今の今までアルテイシアの下肢を苛んでいたイチゴを食べたのだ。

それをわからせるかのように、肉厚の舌はしつこく重ねられてきた。ぬるつく感触に幾度となく根本から舐めまわされ、下腹が卑猥に疼いてしまう。

ゾクゾクとした甘い旋律がねっとりと背筋を這い上がり、また駆け下りる。

「んん……っ」

意に反する気持ちよさに身震いすると、オリヴァーがベッドをきしませて覆いかぶさってくる気配がした。

淫唇に、熱く漲ったものを押しつけられた——と感じるや否や、縛られ左右に大きく拓《ひら》かれたそこが、ズブズブとひと息に貫かれる。

「んふぅ――」

ねじ込まれた灼熱の塊によって、腹部の奥までがずっしりと満たされた。

肉壁が限界まで拓かれる充足感と、猛々しい切っ先でずしんっと奥を突かれる歓喜に、挿入されただけで昇り詰めてしまう。

「ふぅんんんぅ……！」

ドロドロに蕩けた蜜洞できゅうきゅうと自らの雄を貪られ、オリヴァーは身を起こして嬉しそうに喉を鳴らした。

「あぁ、そうだ。それでこそ私の妻だ。アルテイシア……！」

漲る熱塊を、粘ついた水音を立てて激しく抽送する彼は、淫猥な蜜壁をこれでもかというほど縦横無尽にかき混ぜてくる。

野太く重い熱杭が中で暴れまわる感覚はたまらなく気持ちよく、アルテイシアは揺さぶられるまま、我を忘れて猥りがましい声を響かせる。

「はぁンっ！　やぁあぁっ……あぁぁ！　あぁぁっ……！」

あまりにも深い快楽を奥へ奥へとくり返し打ちつけられ、耐えきれなくなった意識が時折遠ざかる。

眼裏が白く染め抜かれる激しい陶酔に呑み込まれながらも、アルテイシアは自分の身体がどれほど彼を待ちかねていたのかを実感せずにはいられなかった。

たとえ――それによって誇りを挫かれ、淫らな自分の性を突きつけられ、今まで信じてきたことのすべてがくずれ落ちていったのだとしても。

自分はまちがいなく、彼に組み敷かれ、激しく淫らに蹂躙されることに歓びを感じている。

彼の言う通り、快楽に弱い自分は決して夫を拒みきることはできないのだ。彼がその気になれば、意に反しても身は燃え立ち、歓んで迎え入れる――

アルテイシアはその事実を認めざるをえなかった。

逆らったところで結果が変わらないのであれば、徒《いたずら》に抗って恥ずかしい目に遭わされるより、すんなり要求を呑んでしまうほうが、誇りに刻まれる傷は小さくてすむはずだ。

淫乱な自分は、何をされても感じてしまうのだから。

「はぁっ、……あぁぁっ、……ふぁン……！」

認めてしまえば、声を発することへの羞恥も薄らいだ。

力が抜けるに従って、感じ方も少しずつ変わってくる。

「アルテイシア……？　そう、……その調子。何もかも忘れて私を受け入れるんだ」

妻の中の変化に気づいたのか、彼は一度腰を強く押しつけ、性急に果てた。

奥に向けてドクドクと熱い精を放った後、しばらくして自身を引き抜くと、淫らな拘束を解いてくる。

「よく頑張ったね」

そんな言葉と共に手足の自由を取り戻し、ホッとしたのもつかの間、彼はうつ伏せになって腰を高く上げるよう求めてきた。

「それから脚を開いて。君のすべてが見えるくらいまで」

「——……」

卑猥な要求にこみ上げる羞恥を押し殺し、アルテイシアは寝台の上で、だまって四つん這いになる。尻を突き出すようにして腰を上げ、言われた通りに脚を開くと、自らの愛液と混ざり合った彼の精が、淫唇からとろりとこぼれる感触がした。

彼はごくりと喉を鳴らし、「いい子だ……」とうなずく。そしてふたたび昂ぶった雄茎を後ろから押しつけてくる。

「素直な子にはご褒美をあげないとね」

「お願い……目隠しも取って……」

せめてもの訴えは、軽く一蹴された。

「つけていたほうが、ご褒美をよく味わえるよ」

「あっ、やぁぁン……！」

宙に浮いた細腰を背後からつかまれたかと思うと、煮えたぎるような欲望が再度深いところまで突き込まれてくる。ずっしりと重い快楽に、汗ばんだ背筋がゾクゾクと噴き出す愉悦にふるえた。

「ぁ、ぁ、ぁぁぁぁ……！」

先ほどさんざん嬲られた敏感な箇所を、今度はちがう角度から抉られ、腰が砕けてしまいそうになる。おまけに目隠しをされている分、脈打つ灼熱の形と大きさを、より生々しく感じ取ってしまう。

たくましく反り返った彼自身にずんっずんっと内奥を抉られる衝撃は、骨まで響くほど深い。アルテイシアは、指先にふれる薔薇の花びらごとシーツをつかみ、髪を振り乱して懊悩した。

「あぁぁっ、……はぁあぁっ、……んぁぁぁ……！」

延々と続く快楽に熟れた身体は、雄茎を抜き挿しされるだけでも心地よく、目の前でちかちかと星が瞬くほど感じてしまう。背筋を弓なりに反らして喘ぐ妻を、オリヴァーは弄ぶように責め苛んできた。

「気持ちいい？　もっと悦くしてあげる」

腰を打ちつけながらそうつぶやくと、手をのばし、前方にあるアルテイシアの淫芽をくりくりと捏ねてくる。

「ひぁあぁ……っ」

敏感な身体はあっという間に昇り詰め、中のものをぎゅうぎゅう締めつけながら、ふたたび達してしまった。

絶頂は深く、長いこと尾を引く余韻に意識を翻弄される。その間きつく固く収縮し続ける蜜洞を、オリヴァーは思う存分突き上げてきた。

内奥を抉られるたび頭頂まで突き抜ける快楽に、アルテイシアはひときわ高く啼きよがる。

「やぁぁあぁっ、……ダメぇっ！　それ、だめぇぇ……っ」

追い詰められ、もがくように身をよじる妻を責め立てながら、彼は誰にともなくつぶやいた。

「初めは……叔母上も普通に私を抱こうとしたんだよ。……でも私がいやがって、拒むようになると……、少しずつ変わっていった」

快楽に溺れ、揺さぶられるままに啼きよがるアルテイシアを、ガツガツと欲望のまま貪ってくる。

「あの人は愉《たの》しんでいたよ。……私が恥辱に苦しみながら感じてしまうのを見て、喜んでいた」

「いやぁぁっ、……おっ、奥ばっかりっ、……そんなっ、……やぁぁ……！」

「私は逆らえなかった。もし彼女の機嫌を損ねたら、私は追い出されてしまうだろうからね。……君と離ればなれになるなんて、想像するだけでも耐えられなかったんだ……っ」

これまでになく淫奔な妻の姿に興奮した様子のオリヴァーは、アルテイシアの上腕をつかみ、上体を自分に引き寄せるようにして、ずしんずしんと勢いよく腰を打ちつけてくる。支えがなければくずおれてしまう、不安定な体勢である。身体が浮くような、不思議な感覚の中、アルテイシアは剛直による鋭い淫撃を下肢だけで受け止め続けた。

「やぁっ、ぁあっ！」

猛り立つ欲望がより深いところへ打ち込まれる感覚に、突き出した両の胸をたぷたぷと揺らして感じ入る。

「はぁっ、そんなにっ……そんなに、……っ」

硬い亀頭でくり返し内奥を穿たれ、もう何度目かわからない絶頂の極へと押し上げられる。

「あの人なりの復讐だったのかもしれないね。結婚を強要され、愛してもいない男に抱かれ続ける屈辱を――愛する人が他の女との間に子供を作った絶望をぶつけるのに、私はうってつけだったのだろう」

「おっ、オリヴァ……ぁあぁ……！」

甘い悲鳴を上げながら、背筋をきつく反らすアルテイシアの中で、オリヴァーもたまらずに欲望を爆発させた。

後ろからアルテイシアを抱きしめたまま、下肢を強く押しつけた彼は、最後の一滴まで絶頂を味わっているようだ。

続けざまの極みからようやく解放されたアルテイシアは、彼の腕の中でぐったりと身体を弛緩させる。

その耳元で、ハァハァと息を乱した声が、うめくように訊ねてきた。

「……黒薔薇の花言葉を知ってる？」

疲れきったアルテイシアは、夫にもたれかかりながら、ゆるゆると首を振る。

「……いいえ……」

「『憎しみ』……あるいは『あなたはあくまで私のもの』。……いったい誰が考えたんだろうね」

笑み混じりの声音は、暗い影を宿していた。

「……わたしが憎いの……？」

「まさか。君は私の天使だ。愛しているよ、あの女に全然似ていない君を」

低くつぶやきながら、彼はアルテイシアの汗ばんだ首筋に口づけてくる。

「君はあくまで私のもの。そう言いたかったんだ」

耳朶にくちびるを寄せ、再度ささやいてくる。

「あくまで、私のもの――」

くり返される言葉は、淫虐の余韻とともに胸に刻み込まれていく。

まるでそれ以外に真実はないかのように、深く深く刻み込まれていく。

「――……」

声を失っていると、オリヴァーは目隠しを外してきた。

いったいどれだけの時間睦み合っていたのか、あたりはすっかり暗くなっている。

あたりの景色に目を慣らしている間、アルテイシアはふと、自分を包む闇の中に母の手の幻影を見たような気がした。

（お母様――……）

あのとき。

父に寝室に引きずり込まれていくのを見た、あのとき。

暗闇に引きずり込まれる母の目は――空をつかむようにのばされた手は、語っていなかったか。

一方的に愛されることが幸せな結末につながることは、決してないのだと。

激しすぎる愛は、棘《とげ》のある薔薇の蔓のように絡みついて互いを苦しめる痛みにしかなりえず、ともに不幸でがんじがらめにするだけなのだと。

白い手からこぼれ落ち、舞い散った黒薔薇の花びらは、語ってはいなかったか――

5章　黒薔薇の温室に繋がれ

寝台の上には、今日も黒い薔薇の花びらを敷き詰めていた。そしてその上に、黒いリボンで上半身を縛られたアルテイシアがぐったりと横たわっている。

下肢を自由にしたのは、教え込むためだ。夫を迎え入れるときは自分から脚を開き、そして挿入された後には夫の腰に脚をからめてねだるように、と。

少し前の彼女であれば、そんな言いつけには決して従わなかっただろう。

しかし根気強く調教した甲斐があり、今日は特に抵抗もなく従った。明日からは、言われなくてもそうするように指導しよう。

汗ばんだ肢体を力なく横たわらせる彼女は、ぼんやりと宙を眺めている。何を考えているのかはわからない。

リボンをほどこうと手をのばすと、胡桃色の目が不安そうに揺れた。

それに気づかないフリで縛めを解いていく。

どこか現実味のないまま一週間が過ぎた。

昼間は清廉潔白な貴族の顔で社交をこなし、帰宅してからはすぐに温室へ足を運ぶ生活は、オリヴァーとアルテイシアの関係をすっかり変えてしまった。

気持ちの交流は途絶え、ただ欲望を貪るばかり。

それでもオリヴァーは追い立てられるように、来る日も来る日も妻を犯した。

君はあくまで私のもの――

自分の目を見ようとしないアルテイシアを前にするたび、その証を立てたくてたまらなくなるのだ。

初めは無理やり抱かれることに抵抗した彼女だが、毎日趣向を変え、あらゆる辱めを与えた結果、今ではずいぶん大人しくなっている。

刺激的な快楽によって、少しずつ――薔薇の棘をひとつひとつ折るように、彼女から自分への反発を取り除いていったのだ。

胡桃色の瞳は、今や深いあきらめの色に染まり、以前あれほど愛をささやいていたくちびるは、ほとんど言葉を発しなくなった。

心を閉ざし、人形のように従順に振る舞うことで、かろうじて自分を保っているのだろう。――かつてイレーネに嬲られていたときの自分のように。

それでも時々、あまりにも恥ずかしいことをさせられると、羞恥に頬を染め、涙を浮かべて責める眼差しを向けてくる。救いようのない自分は、そんな反応をすら愉しんでいた。何がしかの反応を引き出そうと、やることは日を追うごとに過激になっていく。

(叔母上もそうだったのかもしれないな……)

頭の片隅で考えながら、オリヴァーは今日も妻に指示をする。

「アルテイシア、脚を開いて」

すると彼女は、緩慢な動きながら自ら脚を開いた。

無防備にさらされたそこは蜜に濡れて輝き、絶頂の余韻にひくついている。

オリヴァーは手近に咲いていた黒い薔薇を一本手折ると、その花で、秘裂の中でぴんと勃ち上がった淫核を弄んだ。

先ほどさんざん舐めたてて、何度も達かせたせいで、ぷっくりと腫れているそこを。

指とはちがう曖昧な刺激だろうに、彼女の腰は、喜悦を追うようにもぞもぞと動き出す。

「フフフ。……これはただの花だよ。君は花にも感じてしまうのか?」

柔らかく感じる薔薇の花びらでも、敏感な場所に対してはそれなりに強い刺激となる。

オリヴァーも知っている。十二年前、同じことをされたから。

過去の記憶から目を背けるようにして、オリヴァーは薔薇の花を上下に動かした。

「ふしだらな妻にお仕置きをしなければならないね」

「いや……」

「いやなら、腰を動かさないようじっとして」

そう言うと、アルテイシアは必死に腰が動かないよう我慢する。しかし十秒と持たなかった。薔薇の花でいじられるたび、どうしても感じて揺れてしまう。

「ごめんなさい……ごめんなさい……っ」

涙をぽろぽろこぼしてすすり泣く。

子供のような泣き顔がかわいらしく、オリヴァーは我慢できなくなった。驚くほど漲った自分のものを取り出して命じる。

「さぁ、私を受け入れるときはどうするんだった？」

問われたアルテイシアは、自分で自分の膝をつかみ、信じられないほど大きく脚を開いた。仕込まれた通りに。

そのいやらしい姿に、ますます興奮をかき立てられる。

おまけに恥ずかしがるように目尻を赤く染め、懇願するのだ。

「ここに……挿れて、……ください……っ」

「いいよ、挿れてあげる。愛しい妻が望むならね」

求められるままに、オリヴァーは硬く漲った己自身をぐぶぐぶと挿入した。ひと息に突き込んだにもかかわらず、蜜洞は柔らかく蕩けて雄を包み込み、物欲しげにねっとりと絡みついてくる。

抽送を開始すると、白い肢体は淫靡にのたうち、猥りがましいよがり声を上げた。

しかし——以前は互いに見つめ合いながら事に及んだものだが、今はほとんど目線が合わない。

自分の目を見るように指示をすると、視線は重なるものの、それは快楽に染まった茫洋としたものでしかない。

以前は胡桃色の瞳の中に確かに存在し、自分を内側から煽り立ててきた熱が、今は感じられない——

(かまうものか……！)

愛を得たいと嘆く心をねじ伏せ、快楽に没頭する。

今はその分、濃密な交歓にふけるようになった。教会が指導する正しい夫婦のありようからはかけ離れた、卑猥きわまりないことも、オリヴァーが望めば彼女は応えてくれる。

しばらく夢中で腰を振った後、深すぎる快楽を逃がそうとうねる細腰を押さえつけ、悦いところを集中して抉ってやった。

ねっとりとすりつぶすように自分の腰を動かすと、彼女は悲鳴を上げて大きくのけぞる。

「あぁっあっぁあぁっ……！」

ガクガクとふるえる細腰は、激しすぎる懊悩を物語っていた。

しかし易々と許すつもりはない。

「なぜ逃げるの？　ここ、好きだろう？」

きつく抱きすくめて動きを封じたまま、ぐりぐりと奥の弱点を捏ねまわす。

「ひぁあっ、ぁあぁ！　ふっ、ふかいの……っ、だめぇっ、……ぁぁあぁぁっっ……！」

温室中に響き渡るような嬌声を張り上げ、アルテイシアはあっけなく達してしまう。熱くうねる淫路が、奥へ奥へと吸い込むように、肉の棒をぎゅうぎゅうと締めつけてくる。

腰が溶けるようなその感触に触発され、オリヴァーはたまらず欲望を吐き出した。

「――――……っっ」

深い淫悦に耐えられなかったのか。

気づけばアルテイシアは気を失うように眠ってしまっていた。

オリヴァーもまたひどい疲労感を感じながら、その傍らに身を横たえる。

毎日、許しを乞う彼女をひたすら欲望で穢し、疲れ果てて眠りに落ちる。そうしないと眠れない。

（いずれ、まちがいなく地獄に落ちるな……）

一方のアルテイシアは昔と変わらない。あいかわらず天使のままだ。

人を愛し、愛され、周りを幸せで満たす彼女は、オリヴァーにとって、世界を照らすたったひとつの光だった。その証拠に、彼女と会うことのできなかった十二年間は、世界が色を失っていた。

　モノクロの景色の中、一日も早く彼女と再会することを願って、考え得るかぎりの手を尽くした。彼女がいなければ――光がなければ生きられないと、喘ぐようにして求め続けた。

　一方で彼女は、オリヴァーを暗闇につき落とし、そこにつなぎ止める薔薇の蔓そのものでもある。

　彼女がいなければ、自分は罪を犯さずにすんだ。

　何恥じることのない人間として、胸を張って生きることができただろうに。

（恨めしい。けれど愛おしい……。どちらも真実だ――）

　彼女を恨む気持ちが、愛する気持ちをより深めているとも言える。その妄執は自分でも理解しがたいほど。

　なぜひとりの人間をここまで求めるのか、今ではもうわからない。わからないものの、それでも彼女でなければダメなのだ。

　同時に彼女が自分でない人間と幸せになることも許せない。断じて許せない。

（そう――）

　親族や叔母から受けた数々の暴虐によって、オリヴァーの心は歪んでしまった。

　好きだから守りたい。大切にしたい。優しくしたい。

心の底からそう願う一方で、自分から逃げようとする天使を捕らえ、嬲ることにも興奮せずにはいられない。愛する人を力でねじ伏せる愉悦は、何度くり返しても色褪せることのない扇情に満ちていた。

これでは唾棄《だき》すべきあの男と同じ——そう思いつつも自分を止められない。

手放すくらいなら、この手でうんと不幸にしてやりたい。無関係になって忘れられるくらいなら、軽蔑され、憎まれたい。

愛し合えなくてもいい。思うさま犯すことができるのなら、それでかまわない。

(そんなバカな……！)

率直すぎる心の声を、かろうじて残っていた理性で否定して、寝台の上で頭を抱える。

何も知らずに眠る妻の顔を見れば、悔恨に息が詰まりそうになる。

こんなことがしたいわけではないのに。

こんなはずではなかったのに——なぜ。

「どうしてこうなった……っ」

深く頭を抱えたまま、悲嘆にかすれる声で叫んだ。

幸せにしたいと思うのに、気がつけば真逆なことをしている。打ちのめし、穢しながらも、彼女に愛されたいと、子供のように聞き分けのない心が泣いている。

来る日も来る日も自責と自問を続けた思考はすり減り、疲弊しきっていた。

いっそ正気を手放してしまいたい。

そうすれば自分も彼女も自由になれるだろうに——

「——……っ」

オリヴァーは、頭を抱えていた手で顔を覆う。

『ざまを見ろ！』

船から落ちていくギルバート・ヴィンタゼルに向け、自分は言葉をたたきつけた。

『ざまを見ろ……！』

「ぐぅ……っ」

突然、吐き気がこみ上げてくる。あのときのことを思い出すと、手が冷たくなり、身体がふるえてしまう。

当然の報いだと頭では考えていても、心が、身体が、犯した罪の重さに悲鳴を上げるのだ。

「君のせいだ……」

そう。こうなったのは、何もかも、すべて彼女のせい。

オリヴァーの自尊心をズタズタに引き裂いたイレーネにさえ、ここまで苦しめられることはなかった。

こんなに自分をおかしくさせて、大罪に怯えさせて、愚かしさにのたうちまわらせて。

なのに何ひとつ理解せず、オリヴァーだけを責めて逃げようとするだなんて。

「君のせいだ。君の……っ」

自分はただ、彼女の心にほんの少しの傷もつけたくなかっただけなのに。

つらい運命から守りたかっただけなのに。

(どうしてこうなった……？)

この先の未来が手に取るようにわかる。

近いうちに、姿を見せなくなった侯爵夫人のことが社交界で噂になるだろう。

やがてホテルにいた目撃者によって、夫婦ゲンカの末にアルテイシアが家を出た話が伝わり、悪い噂のある侯爵がまた残酷なことをしたのではないかという憶測が広がる。

噂を聞きつけた警察は、真相を確かめるべく慇懃《いんぎん》無礼《ぶれい》に門をたたいてくるにちがいない。

そして彼らはこの温室で目にするのだ。心を閉ざし、近づく者に怯えるアルテイシアの姿を。

近い将来、それはきっと起きる。

地方の領地に彼女を送ることも考えたが、あそこにはオリヴァーと敵対する親族が多く住んでいる。おそらく今よりもマシなことにはならないはずだ。

(どうすれば……どうすればいい？)

抱えた頭をガリガリと乱暴にかきむしる。

彼女を愛している。それだけだ。しかし——それだけのことを、この世は許さない。

この残酷な世界は、オリヴァーが生き生きと輝く胡桃色の瞳と視線を重ねることさえ、もはや許さない。

生きているかぎり——生きているかぎり。

気がつけば、無防備にさらされた彼女の喉へと手がのびていた。

不安と共に襲ってきた強い衝動に呑み込まれる。

「……ふたりきりになれるところに行こうか、アルテイシア……」

誰にも邪魔されない、ふたりだけの楽園へ。生きているうちは決して望めない理想の涯《はて》へ。

つかんだ首は驚くほど細かった。

「……行こう。そうすれば誰も私たちを引き離すことはできない。ずっと一緒だ……っ」

未来はきっと自分からアルテイシアを奪う。そんな日が来ることが恐ろしくてたまらない。

十二年前のように、抗いようのない力によって自分たちはきっと引き裂かれる。

それだけは耐えられない。

彼女の首にかけた手に力を込めようとした、そのとき。

自分にふれる感触に気づいたのか、アルテイシアは眠そうに目蓋を開けた。

「……こわい夢を見たの？」

不明瞭な声で言い、こちらの手に、自分の手を重ねてなでてくる。……安心させるように。

「大丈夫よ、オリヴァー。大丈夫……」

言うだけ言うと、彼女はまた、すぅっと寝入ってしまう。

寝ぼけているのだろう。でなければ今、こんなことをするはずがない。

しかし。

自分の手に、涙が落ちた。

「……っ、……っ……！」

ふいに突き上げるような哀しみに襲われる。

自分を救ってくれた天使の羽根を折ることしかできない。

そんな運命に涙があふれ、止まらなくなる。

嗚咽《おえつ》を漏らしながらアルテイシアの上でうずくまり、うまく出ない声をしぼり出して慟《どう》哭《こく》した。

すまない。

幸せにするという約束を守れなくてすまない。

苦しめるばかりですまない。

（アルテイシア、君を愛している——愛しているんだ……）

だが、それでも。

彼女のまっすぐな光で照らすには、この闇は深すぎる。

⚜　⚜　⚜

翌日の昼、オリヴァーは鉄の枷でもはめられているかのような重い足取りで社交クラブに顔を出した。

エドワードに呼び出されたのだ。

伝統を誇る会員制の社交場は、食堂の他に図書室、遊戯室等を備えた、貴族の邸宅と変わらない施設である。玄関でコートと帽子を預けて居間に向かうと、エドワードはソファに腰かけて待っていた。

こちらの顔を目にするなり、普段ほとんど変わることのない表情がわずかに曇る。

「オリヴァー……、ひどい顔色だ」

十年来の親友は、開口一番にそう言った。

「荒淫にふけっているからだろう」

握手を交わしながら投げやりに応じると、相手は眉根を寄せる。

「まじめに答えろ。眠れないそうだな。フィッツベリー家の主治医に睡眠薬を大量に調達させたとか」

「どこで聞きつけた？」

「主治医からおまえの近況を訊かれたんでな。逆に訊き返した」

「バカな。話すはずがない」

三代のクラウンバーク侯爵に仕えた忠実な人物である。女王から問いただされたとしても、主人の秘密を漏らすはずがない。

見据えるオリヴァーに、エドワードはしれっと返してきた。

「多少手荒な真似もしたかもしれない」

「これだから軍人は……」

「大量の睡眠薬をどうするつもりだ」

「飲むのさ、もちろん。薬は飲むものだ」

単刀直入な問いに肩をすくめて返すと、エドワードはにこりともせずに続ける。

「……奥方はどうされている？　昨日訪ねたら留守だと言われたが……」

「人の留守中に妻を訪ねるなよ」

「主治医から聞いたことを話そうと思ったんだ。オリヴァー、奥方はどうした？」

たたみかけるような質問に、湧き上がる苛立ちを抑えて応じた。

「どうもしない。家にいる」

「社交界で噂になっているぞ。このところ姿を見かけないと……」

「体調がおもわしくなくて臥せっている」

「昨日は家を留守にしていたのに？」

「詮索《せんさく》するな!!」

気がつけば声を張り上げていた。

周囲の空気が凍りつく。

紳士にあるまじき振る舞いを責めるように集まる視線に舌打ちしつつ、オリヴァーは動揺を抑えた。

「……すまない」

怒声にもびくともしない相手へ、ため息交じりに謝罪する。

「気をつけろ。話すつもりがないならそれでもいいが、ごまかすならもっとうまくやれ。でないと足をすくわれるぞ」

「あぁ」

重い気分でうなずくと、エドワードは息をついた。

「……前にも言ったが、奥方から離れてはどうだ？」

「は？」

意味がわからないという憤りを込めて返す。だが彼は大まじめな顔でつけ足した。

「おまえが背負わねばならないものではないだろう？」

あまりにも簡単に言われ、思わず噴き出してしまう。

一度笑い始めると止まらなくなった。

(アルテイシアから離れる？)

彼女と別々の家で暮らし、会いたいときに会えない毎日を過ごす。もちろん夫婦の営みなどもってのほか。

(そんな生活を提案しているのか？)

心の奥底から、どうしようもないおかしさがこみ上げてくる。

(できるものなら最初からそうしている……！)

オリヴァーは声を殺しつつも、腹が痛むほど笑い続けた。どれだけ笑っても止まらない。

息苦しさに喘ぎながら笑い続ける親友の姿を前にして、エドワードは再度ため息をつく。

「あるいは奥方に少し、事情を話してはどうだ……？」

笑いがおさまってきた頃、オリヴァーはようやく荒い息づかいの間に声をしぼり出した。

「却下だ。……私が彼女の両親を手にかけた。……それでいい」

「……言ったのか？」

「言った」

「なぜ」

「それが一番彼女の傷が浅くてすむ」

「だが彼女はおまえを恨むだろう」

淡々とした指摘に自嘲を浮かべる。

彼の言うことは正しい。だがそれがどうだというのだ。

「……元々愛されていなかった」

オリヴァーはまだ少し笑いの余韻を引きずりながら、ぽつりと返す。

そのとき、テーブルの脇に人の立つ気配がした。見れば、給仕が折り目正しくかしこまり、封書を差し出してくる。

「お話し中、失礼します。クラウンバーグ侯爵、お手紙です」

「誰からだ？」

「たった今、店に来た労働者風の男です。……よろしければこちらで処分しますが……」

「いや、読もう」

オリヴァーは封書を受け取った。飾り気がなく、安っぽい素材の封筒である。

いくつかの心当たりを思い浮かべながら封を破り、引っ張り出した中身に目を通した瞬間。

「―――っ!?」

オリヴァーは椅子を蹴《け》って立ち上がった。

「バカな……!」

一瞬にして青ざめた顔を、エドワードが厳しい面持ちで見上げてくる。

しかしあまりにも予想外な内容に、混乱しきった頭はまるで働かない。物問いたげな視線に答えることもできず、オリヴァーは血の気の失せた白い顔で彫刻のようにただ立ちつくすばかりだった。

6章　執愛の果て

黒薔薇の温室は　鳥籠
捕らえて閉じ込め　羽根をもぎ……

四阿に置かれた寝台に寝転がったアルテイシアは、見事に咲く黒い薔薇を眺めながら、童謡を口ずさむ。

この歌を無邪気に歌っていた子供のとき、籠の中にいるのは鳥だとばかり思っていた。

けれど今は、そうとも限らないと知っている。

誇りという名の羽をもがれ、打ち捨てられた鳥のように、ただ横たわるばかりの今ならば。

それでもアルテイシアにはもう、以前のように夫を責めることができない。

彼が自分にひどいことをする理由を知った今となっては、抗う気力も萎《しお》れてしまった。

温室に閉じ込められてからもう何日経ったのか、はっきりとはわからない。

だがもはや自由になりたいと思うこともない。

彼の前ではされるがままになり、彼がいないところでは何もかも忘れて眠るしか、することがない。

そうしてわずかな間、現実の世界から逃れ——また夕方になると彼が来て現実に引き戻される。

異様にして単調な毎日。

合間をぬってメイドたちが食事や着替え、入浴の世話をしてくれる。その間も彼女たちは何も話さなかった。独占欲の強い主人に会話を禁じられているらしく、ただ黙々と仕事をこなすのみ。

温室の中はいつも奇妙な静寂に満たされていた。

しかしはからずもその静寂が、少しずつアルテイシアの心を癒やしていく。

オリヴァーがしたこと。

母が彼にしたこと。

そして彼が自分にしたこと。

あまりにも衝撃的な事実に深く傷ついた。

否。夫の残酷な仕打ちによって、一度は無残に砕け散ってしまった。

しかしこの温室の明るい光と、色とりどりの薔薇の中で微睡《まどろ》んで過ごす日々は、ほんのわずかずつだが傷を癒やしていく。

とても耐えられないと感じ、何も考えることができないほど、頑なに自分の中に閉じこもったにもかかわらず。

寝台に横たわったアルテイシアは、目頭に手の甲をのせて目をつぶった。

（したたかなんだか……懲りないのか……）

すべてを受け入れるには、まだまだ時間がかかる。

ねじれてしまったオリヴァーと自分との関係がどうなるのか、想像もつかない。それでも――

ぼんやりとそんなことを考えていたとき。

入口のほうでガチャガチャと、外から鍵の開けられる音が響いた。

オリヴァーが来たのかと、ぎくりと身をこわばらせる。

（こんな明るい時間に……？）

少し気持ちが回復したとはいえ、彼を前にすれば、やはり身体がすくんでしまう。アルテイシアの意志を無視した所業の数々を思い出し、頭が真っ白になってしまう。

緊張に息を潜めていると、ギギギ……とガラス張りの格子の扉を開く音がした後、ジャリ、と小石を踏みしめる足音が近づいてきた。
またいつもの責め苦が始まるのか――そんな緊張に、心を殺す覚悟を決めるアルテイシアの耳に、おずおずとした呼びかけが届く。

「……アリィ、いる？」

薔薇の生け垣の向こうから現れたのは、紺のツイード地のシンプルなデイドレスに身を包んだ――

「カティア……」

「アリィ！」

久しぶりに会う乳姉妹は、アルテイシアを見るなり飛びついてきた。

「あぁ、よかった。見つけた……！　心配したわ。一週間以上も連絡が取れないし、屋敷の人に訊いてもなしのつぶてだし、社交界の知り合いからは最近見かけないって言われて……！」

まくしたてる彼女の溌剌とした生気が、ぼんやりしていたアルテイシアの心に力を与えてくれる。

「どうして……どうやってここを……？」

「他のお家のメイドから探り出したのよ。『クラウンバーグ侯爵は夫婦ゲンカのあげく、言うことを聞かない奥さまをこらしめるために、しばらく温室に閉じ込めている』って噂になってるわ。——メイドの情報網ってなかなか侮《あなど》れないわよ」

「鍵は？」

「昼間の忙しい時間に、執事の部屋に忍び込んで盗み出したの」

「カティア、すごい……」

心からの感嘆に、彼女は少し照れくさそうに胸を張る。

「取材のためなら手段を選ばないのが記者だもの。このくらいはね。——それより、元気？　大丈夫？」

「ええ、まぁ……」

この一週間ほどの間にここで起きたことを口にするのは、少しはばかられる。言葉を濁《にご》して曖昧にほほ笑むと、何か察した様子のカティアもまた「よかった」と形ばかり息をついた。

「実は……ジャニスのお葬式に行って、ちょっと妙なことを耳にはさんだんで、いちおう伝えておこうと思って」

「妙なこと……？」

「ヴィンタゼル家から暇を出されて田舎に帰った、使用人のマルセルっておじいさん、いたでしょ？」

「ええ、たしか……大工仕事が得意だった人ね」

「彼が最近病気で倒れたらしいの。危篤《きとく》状態でうなされていたとき、家族の前でこう口走ったそうよ——」

そこで言葉を切った彼女は、人差し指を立てて声を潜める。

「『旦那様、おやめください。奥さまが死んでしまいます。オリヴァー様、旦那様を止めてください』」

「………え……？」

日向での微睡みに弛緩していた意識が、一瞬で引き締まった。

いったいそれはどういう状況なのだろう？

ただのうわ言なら取り合うまでもない。が、しかし……

マルセルは主に屋敷の修繕などの仕事を担当していた。そういえば、小火の前は温室の設備の管理も彼の仕事だった。

（そのとき、何かを見たという可能性も……）

久しぶりに頭をしぼるアルテイシアに、カティアは軽く声をかけてくる。

「ジャニスにはカークっていう息子がいるんだけど、その人が教えてくれたの。ちょっと引っかかるわよね。それで……アタシは今から、そのマルセルって人を訪ねてみようかと思うんだけど、一緒にどうかと思って」

「それは……もちろん、行けるものなら行きたいけれど……」

活動的な彼女は、いつでも目の前の現実を自分の思い通りに動かしてしまう。アルテイシアにとっての不可能も、彼女にかかればゲームのようなものだ。できないと思われることを、どう成し遂げるか——その挑戦を楽しんでしまう。

しかしアルテイシアには無理だ。彼女のような知恵も行動力もないのだから。今だって夫に閉じ込められたままで……。

忸怩《じくじ》たる面持ちのアルテイシアに向け、カティアは悪知恵を働かせる子供のような顔でニッと笑った。

「大丈夫、意外と何とかなるもんよ」


それからのカティアの行動力には目を瞠るものがあった。

彼女は一度屋敷からこっそりと抜け出し、小銭で雇ったという街の少年を使い、屋敷の中に野良犬を放ったのである。それも二頭も。

犬たちは当然、食べ物の匂いにつられて厨房に入り込み、厨房は大騒ぎになった。屋敷の者たちがその騒動にかかりきりになっている間に、カティアは素知らぬ顔でふたたび温室まで戻って来て、まんまとアルテイシアを誰にも気づかれずに門の外へ連れ出すことに成功したのである。

「記者を敵にまわしてはいけないって、よくわかったわ……」

「おわかりいただけて光栄よ」

通りで拾った辻馬車に一緒に乗り込み、ふたりで目を見交わして笑う。オリヴァーとの息詰まる毎日に倦んでいた心が、久しぶりに明るさを取り戻していくのを感じた。

「ありがとう、カティア。本当に……」

あきらめず自分を探してくれた乳姉妹に感謝しつつ、しばらく目にしていなかった外の景色に見入る。

そんなアルテイシアに、カティアは何くれとなく話しかけてきた。

それでも――窓の外を流れる景色を眺めるアルテイシアの頭を占めているのは、あの温室で知った事実ばかり。

アルテイシアを動揺させ打ちのめした、母の秘密。

イレーネは実の兄に懸想《けそう》していた。それを知った先々代の侯爵は、娘を急いでギルバートに嫁がせ、子供たちの仲を引き裂いた。そんな母の前に、兄に生き写しのオリヴァーが現れたために、彼女は実の甥におぞましい欲望をぶつけ、その後彼は「火の不始末」で母を死に至らしめた……。

(オリヴァーは、わざとではなかったと言うけれど……)

疑念は胸の中で黒煙のようにもやもやと噴き出し、息苦しくさせる。

父が、母の醜悪《しゅうあく》な行いを知っていたとは思えない。子供の目にも父はひどく嫉妬深い人だったから、仮に知っていたなら、すぐにでもオリヴァーを追い出していただろう。

愛する妻を失ったギルバートは、おそらく単純にオリヴァーを恨んだのだ。そのため娘との結婚を断固として認めなかった。

（そしてオリヴァーは、そんなお父様を――）

にもかかわらず、過去について何も知らなかったアルテイシアは、まんまとオリヴァーにたぶらかされ、結婚してしまった。

（たぶらかされた……？）

いや、彼は自分を愛している。手段を選ばずに手に入れようとしたほど。

そしてアルテイシアもまた彼を愛している。彼が両親を死に追いやった人殺しと知った今になってもまだ、思いきることができずにいる。

（あの人が恐ろしい……！）

自由を奪われ、嬲られることには耐えられない。

しかし――

言葉を尽くして、魂と身体のすべてで、彼はなりふりかまわずアルテイシアの愛を求めてくる。

（オリヴァー、なぜ……）

窓の外を見据えるアルテイシアの顔が悲しみに曇る。

(正しいあなたでいてくれれば——何の迷いもなく愛することができたのに……!)

『旦那様、おやめください。奥さまが死んでしまいます。オリヴァー様、旦那様を止めてください』

元使用人が口走ったという、その言葉はどういう意味なのだろう?

(もちろん、ただのうわ言かもしれないけれど……)

しかしアルテイシアはどうしても、違和感を覚えてしまうのだ。

(オリヴァーはなぜ温室で火を使ったりしたの?)

彼はイレーネに逆らえなかったと言っていた。

もしそのことがバレたら、ヴィンタゼル家から追い出されてしまうだろうから——アルテイシアと離ればなれになるのが嫌だから、イレーネとのことを誰にも相談できなかったと言っていた。

(そんな状況で、温室で火の不始末なんかする……?)

彼の仕業と知られれば、それこそ家を追い出されることは、わかりきっていただろうに。

そして実際そうなってしまった。

(何か変だわ……)

彼は嘘をついているのではないか。

父が亡くなった、その場に居合わせたことを隠したときのように。

母の火事の真相についても、何か知られては困ることがあり、真実を口にしてはいないのではないか――

王都から出て一時間ほど走った末に、馬車は街道にへばりつくようにして広がる小さな町へとたどり着いた。

煉瓦造りの集合住宅の一角に暮らす娘夫婦の家に、マルセルは身を寄せているという。

「ここ？」

全体的に色褪せた煉瓦の建物を見上げてつぶやくアルテイシアに、カティアがうなずいた。

「そのはずだけど……。すみませーん！」

メモ帳を片手に、カティアがひとつの扉をノックして声を張り上げると、中から赤ん坊を抱いた若い女性が出てくる。

アルテイシアが素性を明かし、マルセルの見舞いに来た旨を告げると、女性は顔をほころばせた。

「まぁ、お屋敷のお嬢さまが、わざわざ？　ありがとうございます。父は今、奥で休んでいて……」

そんな言葉と共に招き入れられた家の中は、外観とは裏腹にこざっぱりとしていた。

飾り窓には白いカーテンがかかり、壁は隅々まで明るい色に塗られている。こぢんまりとした部屋には、使い込まれた家具が置かれ、暖かみのある家庭の雰囲気が伝わってきた。

子供たちは親に言いつけられているのか、暖炉の前に座ったまま動かず、好奇心に満ちた顔だけをこちらに向けてくる。

当のマルセルは、アルテイシアが見舞いに訪れたと知り、しきりに恐縮した。

「まさか、お嬢さま――いえ、奥さまが……っ」

懸命に身を起こそうとする老人を、アルテイシアが制し、カティアが軽く世間話をして落ち着かせる。

しばらくの後、カティアはさりげなくうわ言について切り出した。

「小耳にはさんだんですけど、あれはどういうことなんです？」

水を向けられた老人は、とまどうように黙り込む。

「それは……言えません。……旦那様に、決して口外するなと言われましたので……」

「――ということは、あれは夢や想像上の言葉ではなく、実際にあったことなのね」

カティアの指摘に、老人はハッとしたように口を閉ざした。

その困りはてた様子を見て、アルテイシアはそっと言い添える。

「あなたは忠義者ね、マルセル。でも、事はわたしの夫の名誉にかかっているかもしれない。だから、わたしはどうしても本当のことを知りたいの」

こちらの気持ちを伝えると、老人は逡巡するように視線をさまよわせる。

すかさずカティアが続けた。

「あのうわ言は、十二年前の小火のときのこと？　それとも、何か別のことがあったの？」

「…………っ」

老人は一度きつく目をつぶり――やがて迷いを振り切るように開いた。

年齢のために濁った目を、アルテイシアに向けてくる。

「……旦那様が亡くなり……オリヴァー様が生きておられるのなら、お話しするべきやもしれません。儂もじき天に召されるでしょうから、人様を貶めるような秘密を残してはいけない……」

「マルセル……」

「お嬢さま……お気を強くもって、お聞きください」

しわがれた声で、彼ははっきりと告げた。

「奥さまが亡くなったのは、火に巻かれてのことではありません。奥さまを死なせたのは、旦那様なのです」

「――――」

その瞬間、アルテイシアのみならず、カティアまでもが声を失う。

明かされた真実は、それほどに予想外だった。

ややあって衝撃を呑み込んだらしいカティアが、困惑まじりにつぶやく。

「……え、それ、どういうこと……？」

「旦那様はある日……夜の温室で、奥さまとオリヴァー様との密通を目撃してしまい……、激昂なさって奥さまの首を絞められたのです……。儂は止めようとしましたが……したんですが、旦那様は完全に我を失われていて——止めきれませんでした……っ」

喘ぐように言い、老人はこぶしをにぎりしめてうなだれる。

それを見下ろして、アルテイシアはぼう然と訊ねた。

「……オリヴァーは……？」

「オリヴァー様はその場から逃げだしました。その後、旦那様は自ら温室に火を放たれたのです」

「そんな……っ、それではなぜ……！」

昂ぶる感情のまま、目に涙が浮かぶ。

「なぜオリヴァーは、それを誰にも言わなかったの……？」

老人は小さく首を振った。

「旦那様から口止めされたのです。もし本当のことを誰かに話せば、奥さまとオリヴァー様との間にあったことも公になると。オリヴァー様は儂に……、お嬢さまのことを考えると、とても口外できないとこぼされました……」

たしかに――と、アルテイシアは考えた。

もしすべてが世間に知られれば、自分は七歳にして、甥を虐待した母親と、妻を殺した父親という、二重の十字架を背負うことになっていただろう。

まともな生活は望めなかったはずだ。

「……嘘……っ」

（それでオリヴァーは失火の濡れ衣を着て去ったの？）

おまけに父はその後もずっと、真実について口を閉ざしていた？

（嘘よ……嘘よ――お父様……!!）

信じたくない。けれど――

「そんな……そんな、……」

アルテイシアはあふれ出す涙を隠そうと、顔を両手で覆った。

「……ひどいわ……っ」

あのとき、オリヴァーはまだ十三歳。たった十三歳の、無力な子供だったのだ。

にもかかわらず、大人たちの不都合をなすりつけられた末に追い払われ、その後アルテイシアとの面会すら許されなかったというのか。

（お父様！　なんてひどいことを……！）

オリヴァーが、イレーネの死について曖昧なことを言っていたのも、この秘密を守るためだったのだろう。はっきり自分のせいではないと言えば、イレーネとの関係や、ギルバートがしたことを話さないわけにはいかないから。――アルテイシアを傷つけるから。

だからあえて疑念を晴らさず、人々から放火犯、人殺しと後ろ指をさされることすら甘んじて受け入れた。

それでも、どうしてもアルテイシアと結婚したかったオリヴァーは、くり返しギルバートのもとを訪ね、それから……それから？

「きちんと話さなければいけないわ。彼と……」

ハンカチをにぎりしめ、きつく目頭に押し当てていたアルテイシアは、背中をなでてくれるカティアに向け、くぐもった声で告げた。


しかし。

ふたたび馬車で一時間かけてフィッツベリー・ハウスに戻ったとき、オリヴァーはいなかった。彼の代わりにアルテイシアとカティアを待っていたのは、ひどく驚いた様子のエドワードである。

「マダム、お怪我は!?」

「怪我？　なぜ……？」

ぽかんと返したアルテイシアの全身に目を走らせ、異状がないことを確かめると、今度は血相を変えて訊ねてくる。

「今までどこにいらした!?」

「実家の使用人だった人のお見舞いに……」

言葉少なに返すと、彼は深く眉根を寄せた。

すらりとした軍服姿を見上げ、カティアが首をかしげる。

「子爵様こそ、なぜここに？」

「オリヴァーに頼まれたのですよ。自分がいない間、家のことをまかせると」

玄関先で立ち話をするアルテイシアたちに、執事が中に入るよううながしてくる。

しかし険しい顔をしたエドワードは目もくれなかった。

「ヴィンタゼル家のメイドだった、ジャニスという女をご存じですか？」

「えぇ」

「では、その息子のカークは？」

「……わたしは知らないけれど……」

聞き覚えのある名前に、ちらりとカティアに目をやる。

彼女は軽くうなずいた。

「アタシは知ってるわ。この間、ジャニスのお葬式で話したから。今日お見舞いに行った相手について教えてくれたのよ」

　それを聞いたエドワードは顔をしかめる。

「そうか。はめられたわけか……」

「は？」

「そのカークという男から、オリヴァーへ脅迫の手紙が届いたのですよ。クラウンバーグ侯爵夫人を誘拐して監禁した。助けたければ、誰にも知らせずひとりでヴィンタゼル家の屋敷へ来い、と」

「わたしを？」

　アルテイシアは、驚いてカティアと顔を見合わせる。

　自分は誘拐などされていない。つまりオリヴァーはだまされたのだ。

「警察には？」

「まだ知らせていません」

「なぜ？」

「カークが手紙に書いていたそうです。自分は現在失業中で、アルコール漬けの毎日だから、失うものは何もない。ほんの少しでも警察の姿が見えたら迷わずに夫人を刺す、と。それでオリヴァーは怖じ気づいたのです」

「なぜ？　なぜ、ジャニスの息子がオリヴァーを……っ」

パニックに陥りかけて、ハッと気づく。

ジャニスは新聞社に何かを持ち込もうとして謎の自殺を遂げた。息子が、それをオリヴァーのせいだと考えたとしても不思議ではない。

「わたしも行かないと……。ジャニスの長年の主人として――そしてオリヴァーの妻として、ジャニスの息子さんを説得します」

アルテイシアは急いで執事に馬車の用意を言いつけた。

しかしエドワードは厳しい面持ちで、それを制止してくる。

「賛成しかねますね。危険です」

「でも……っ」

「私が行きます。オリヴァーに貴女が無事であることを伝え、カークを捕らえます」

「あなたの賛成があろうと、なかろうと、わたしは行きます」

「マダム」

なおもたしなめようとするエドワードに、アルテイシアはすがるように懇願する。

「胸騒ぎがするのです。お願いします……！」

「……わかりました。では私がお連れします」

エドワードは渋々そう言うと、その場で身をひるがえした。

そして玄関前の車寄せに停まっていた黒い車に向かう。どうやら彼は、最先端の自動車に乗るようだ。

自ら運転席に乗り込みながら、彼はカティアと共に後部座席に座ろうとしたアルテイシアに、助手席に座るよううながした。

「貴女に話さなければならないことがあります」

自動車を出発させると、エドワードは静かに切り出した。

「あの日——貴女の父上の事故があった日、私はこの車でオリヴァーを波止場まで送りました。オリヴァーはヴィンタゼル氏から呼び出しを受けたのです」

「呼び出し？」

「ええ、あのときもオリヴァーは言われていました。誰にも知らせずひとりで来い、と」

「え……」

息を呑むアルテイシアに、エドワードは冷たく告げた。

「あいつは死を覚悟して、その呼び出しに応じました」

「まさか……」

「自分が妻を手にかけたことを知っている人間が、自分よりも財と権力を手にして、娘を欲しがったのです。おまけにどんなに拒んでもあきらめなかった。——ヴィンタゼル氏がどう対処しようとしたかは、容易に想像がつきます」

冷ややかな言葉に、最悪の想像が脳裏をよぎる。

そんなはずがないという、こちらの幻想を打ち砕くように、彼は断じた。

「貴女の両親は、ふたりそろってとんでもない人でなしだ」

「ちょっと……！」

後ろで聞いていたカティアが、思わずといったていで割って入る。

しかし彼は取り合わなかった。

「オリヴァーは、貴女の母上にも脅されていたのですよ。言うことを聞かなければ、貴女の心を深く傷つける秘密を明らかにすると」

「わたしの心を傷つける……秘密……？」

「くわしくは知りません。が、あいつに言わせると、決して貴女の耳に入れたくない話だとか」

ぽろぽろと、絵画の絵の具がひとかけひとかけ剝がれ落ちるように、これまで信じていた全体像がひび割れ、姿を変えていく。

新たに見えてきた絵の中で、ひときわ目立っているのは――それこそが真実だと、アルテイシアの目にくっきりと浮かび上がって映るものは、ただひとつ。

十三歳の頃から変わらず、ひたむきな彼の気持ち。

「……オリヴァーは、いつでも、わたしを守ろうとしてくれていたのね……」

ぽつりとこぼした言葉の先に、ほんの数ヶ月前まではヴィンタゼル家のものだった屋敷が姿を現し、少しずつ近づいてきた。

⚜　⚜　⚜

あの日──

自分の運命をねじ曲げるに至った、あの日。

オリヴァーはギルバートから、彼の所有する船へ秘密裏に呼び出されていた。

アルテイシアとの結婚の許可を与えてもいいが、条件がある。──そういえばオリヴァーが逆らえないことを、彼は知っていたのだ。

誰にも言わずに来いという指示があった時点で、オリヴァーは最悪の事態を覚悟した。

そしてその予想は現実のものとなった。

あの日、船でオリヴァーを迎えたギルバートは、白々とした会話を交わしつつ、人気《ひとけ》のない甲板まで連れて行った。そして──手すりひとつを乗り越えれば海に落ちてしまう場所を選んで、おもむろに銃を取り出したのである。

『おまえは私から妻を奪い、生きる希望を奪い、さらに娘までも奪おうとしている。そうはさせるものか……！』

銃身をこちらに向けてかまえ、目を血走らせて彼は言った。

『撃たれるか、自ら落ちるか、どちらかを選べ』

自分の罪を知る人間を――否、彼にとっては妻と不義をはたらき、自分に罪を犯させた人間を、これ以上生かしておくことはできないと思い詰めたのだろう。

それに対し、自分が何を考えたのかはよく覚えていない。

ひとつだけ確かなのは、死ぬつもりはなく、そしてふいに鳴り響いた汽笛に驚いたギルバートの隙を目にして、無我夢中で飛びかかったこと。

汽笛は、五秒ほど続いた。

その間、オリヴァーとギルバートは銃を奪おうと激しくもみ合った。銃声が響いたが、幸い汽笛にまぎれ、誰の耳にも届かなかったようだ。

次の瞬間、ギルバートが手すりに打ちつけられ、その勢いのまま乗り越えて落ちていった。

あわてて下を見ると、彼はかろうじて手すりにつかまっていた。

愕然とした顔で見上げる相手に、ややあってオリヴァーは告げた。

『あのとき――イレーネがいまわの際に呼んだのは、兄の名前だったな。ざまを見ろ』

『い、い、……っ』

『たっ、助けてくれ……！』

そう叫びながら、ギルバートは自らの銃によって受けた傷に力を奪われ、落ちていく。

オリヴァーはそれを、ただ眺めていた。

ざまをみろ。自分をあの家から追い出したりしたから。

汚名を着せてアルテイシアから引き離したりしたから。

十二年もの間、彼女に会えない日々を過ごさせたりしたから。

だからこんな目に遭うのだ。

『ざまを見ろ——ざまを見ろ！　……ざまを……っ』

手すりにすがりつき、くり返しうめく。涙を流しながら、ギルバートの遺した最悪の置き土産に、呪詛の言葉を吐き続ける。

アルテイシアに知られるわけにいかない罪が、またひとつ増えた。おまけに今までとはちがい、自分は被害者ではない。濡れ衣でもない。

銃を海に投げ捨てても、事実は消えない。

これで自分は本物の人殺しになったのだ。

⚜　⚜　⚜

「うそぉぉぉ、何これ……!?」

カティアが大声で叫び、後部座席から身を乗り出した。

現在は売りに出されているヴィンタゼル家の屋敷に到着したアルテイシアたちが目にしたのは、火の手が上がる屋敷の姿だった。

王都の郊外であるそこは高級住宅地だが、各屋敷はそれぞれ広々とした敷地によって隔てられており、閉ざされた門前には野次馬が数名立っている程度である。

クラクションを鳴らしながら車を進めるエドワードに、アルテイシアが声をかける。

「降ろしてください。門を開けてきます」

「鍵は？」

「かかっていません。鎖を巻いてあるだけなので……」

「アタシも行く！」

アルテイシアとカティアは、物めずらしそうに車の中をのぞきこんでくる野次馬をかきわけるようにして車を降り、門に巻かれていた鎖を外して車を通す。

その間にも、屋敷から出た火はどんどん大きくなっていく。

「カティア、消防隊を呼んでくれない？」

「わかった」

うなずくカティアを門のところに残し、アルテイシアはもうもうと煙の上がる屋敷へと走った。

玄関前で車を降りたエドワードと合流し、燃える建物を見上げる。落ち着いて見れば、火の手はまだ二階に留まり、屋敷全体まで火がまわるには時間がありそうだ。

「……オリヴァーはこの中に？」

「おそらく」

アルテイシアの問いに、エドワードが難しい顔でうなずく。

そのとき、勢いよく玄関の扉が開き、煙と共に四つの人影が飛び出してきた。

「何者だ！」

鋭いエドワードの誰何《すいか》に足を止めたのは、見たことのない若い男たちである。

皆、着古した灰色のシャツとズボンを身につけた、労働者然とした格好だ。

血の気の多そうな、荒々しい雰囲気を警戒したのか、エドワードがアルテイシアを守るように前に出た。

と、彼が身にまとう軍服を目にして、三名が蜘蛛の子を散らすように逃げだす。

「軍人だ、やべぇ！」「オレ関係ねぇよ……！」「事情はそいつに訊きな！」

仲間に置き去りにされ、ひとりだけその場に留まったのは、二十歳前後と思われる若者だった。

ぎらぎらとした眼差しで見つめてくる相手に、アルテイシアは、ふと気づいて声をかける。

「もしかして……カーク？　ジャニスの息子さん？」

「だったらどうした」

低くうなるような返答を受け、エドワードが口を開く。

「オリヴァーをどうした？　おまえが呼び出したんだろう？」

しかしカークは、その問いを無視して、アルテイシアを睨めつけた。

「たしかにおふくろは主人の秘密を売ろうとしたよ。だからって、なにも殺すこたぁねぇだろ!?」

「ジャニスは……自殺したんでしょう……？」

小さな声で応じると、カークはカッと目を見開いた。

「おまえらがそうさせたくせに!!」

怒鳴りつけてくる若者の目に涙がふくれ上がる。

それが目尻からこぼれるにまかせ、彼は嘲るように声を張り上げた。

「おふくろが売ろうとした秘密を教えてやるよ。あんた、貴族でも何でもないんだってよ。どっかのメイドが捨てようとした赤ん坊を、ご主人様が買い取ったんだってよ！」

「…………え……」

突然の暴露に、アルテイシアは胡桃色の瞳を瞠る。

彼は何を言っているの？

ぽかんとするアルテイシアの目の前で、カークはボロボロと涙をこぼしながら、その場に膝からくずれ落ちる。

「俺を助けるためだったんだ！　俺が博打でヤバい奴らに借金を作っちまったから！　だからおふくろは……！」

その襟首をつかみ、エドワードが乱暴に揺さぶった。

「おい、オリヴァーはどこだ！　言え！」

しかし相手はうずくまり、おんおんと声を上げて泣くばかり。

舌打ちをしたエドワードは、上着を脱ぎながら、こちらを肩越しにふり向いた。

「貴女はここにいてください、マダム」

「どうするの……っ？」

「消火を待っている余裕はありません」

そう言うと、上着で頭を覆うようにして、開かれた玄関から燃えさかる内部へと入っていく。

「エドワード様……っ」

玄関ホールからは、ごうごうと音を立てて広がっていく炎が見えた。

すべてを包み込み、呑み込んでいく火は、身がすくむほど恐ろしい。

しかし――

（オリヴァーは……今、この中にいるの……？）

その事実のほうが、もっと恐ろしかった。

自分の出生の秘密も、オリヴァーが父を手にかけたことも、自分を監禁したことも、すべて後まわしになる。

今この瞬間、アルテイシアの中で重要なことは、たったひとつだった。

父のように、彼が永遠に失われてしまうかもしれないと考えたとき、自分の本心があまりにも明瞭に浮かび上がる。

（お願い、オリヴァー。どこにも行かないで――……）

どこに行くにも一緒だ。自分たちは神に永遠の愛を誓い合った夫婦なのだから。

「オリヴァー……」

アルテイシアは燃えさかる屋敷の玄関を食い入るように見つめ、そして一歩を踏み出した。

⚜　⚜　⚜

ごうごうとうるさく立ち昇る炎に包まれている。

ならず者たちは、のこのこと屋敷におびき出されたオリヴァーをいきなり殴りつけ、顔を見られないよう目隠しをしてきた。

そしてどこかの部屋に引っ張り込んで柱に縛りつけ、自由を奪い、さらに殴る蹴るの暴行を加えてから部屋に火を放ったのである。

「黒焦げになりな、色男！」

笑って言い捨てたのは、おそらく死んだメイドのドラ息子だろう。

アルテイシアはカティアと共に別の場所を訪ねているだけで、ここにはいない。そう知った今、拘束に抗う理由はなかった。

視界を封じられているため周囲の様子はわからないが、音は聞こえてくる。何より煙の息苦しさと、焼けつくような熱さを肌で感じる。

めらめらと迫る熱によって全身が汗で濡れていた。吸い込む空気までが灼熱のようで、肺が痛いほど。

少しずつ意識がぼんやりと薄れていく。オリヴァーはそのことに安堵した。

自分が死んだら、アルテイシアを解放してやることができる。

生きているうちはどうしてもできなかったけれど。

(だって……君は私の天使だったんだ……。つらい現実を、君だけが吹き飛ばしてくれた……)

大切だと感じた、初めてにして唯一のもの。

慕われることが嬉しくて、夢中になって、必死で守ろうとした。

夜な夜な温室で叔母から嬲られることにすら耐えた。

誰かにひと言伝えれば解決したはずだ。両家は醜聞《しゅうぶん》を恐れ、すぐさま手を打ったにちがいない。

しかし、たったそれだけのことが、どうしてもできなかった。

事が公になれば、自分がヴィンタゼル家を追われ、アルテイシアと離ればなれになってしまうという危機感がひとつ。

そして——狡猾《こうかつ》な女から、事あるごとに脅されていたのが、ひとつ。

『アルテイシアは、貧しいメイドが捨てようとしていた赤ん坊よ。ギルバートが買い取って連れてきたの。侯爵家の血どころか、ヴィンタゼル家の血も引いていない、貧乏人の子供』

『あなたが私を裏切ったら、そのことを言いふらしてやるわ。あの子の将来は絶望的ね』

『そうそう。紳士の顔をしたギルバートが、いかに汚い手を使って私を手に入れたのかも、皆に教えてやらなくてはね。彼は私の周りを嗅《か》ぎまわって、兄との関係に気づいたの。それを父に密告して、公表されたくなければ私と結婚させるようにと迫ったのよ。あの恥知らずの卑怯者……！』

父親や夫から受けた仕打ちによって、イレーネの心は醜《みにく》くねじ曲がっていた。

彼女はオリヴァーを虐《しいた》げながら、絶え間なく過去を蒸し返すことで自分自身をも傷つけていた。

そしてまた、長く続く夫の執愛に苦しんでもいた。

普段は妻に冷たくあしらわれ、肩を落とすばかりの夫だが、夜になると暴君に変化するのだという。いやがる妻を寝室に連れ込み、夫としての権利を行使するらしい。

男の情念に囚われて嘆くことしかできない女を、大人になってから哀れだと思うようになった。

(それでも——)

彼女が自分にしたことは、百歩譲って忘れてやってもいい。

しかし、アルテイシアを傷つけようとしたことだけは、いまだに許すことができない。

優しくて繊細な天使は、あんな両親でも、自分の親だと思って慕っているのだ。

何も知らずに、無垢に信じている。

その心を無残な現実で傷つけることだけは許さない。

(「売られた子」などと言わせるものか。誰にも。——誰にも!!)

『旦那様。私はお嬢さまを不幸にしたいわけじゃないんですよ。でもこちらにも事情がありましてね。どうしてもお金が必要なんです』

抜け目のない顔をしたメイドは、息子が賭け事で作った莫大な借金を返済するために、必要な金を用立てるようオリヴァーに求めてきた。でなければ、アルテイシアが貧しいメイドの子供だという証拠を、新聞社に持ち込むと言って。

『私は知っているんですよ。イレーネ奥さまのお産を手伝いましたからね。アルテイシア様は、あのときお生まれになった赤ん坊ではありません。取り上げた赤ん坊は男の子だったのですから』

仮に彼女がその醜聞を新聞社に持ち込めば、記者たちはその背後に隠された、あらゆる秘密を探り出してしまうだろう。自分がこれまで必死の思いで——手を汚してまで隠してきた、すべてを。

そんなことになればアルテイシアの心ばかりでなく、社会的な名誉まで、取り返しがつかないほど損なわれてしまう。

あわてたオリヴァーは彼女の言うままに金を払った。……それが良くなかった。味をしめたメイドは欲を出したのだ。

『侯爵様にはこれからもお世話になるかもしれませんね。お断りにはなりませんでしょう？　私はいつでも、お嬢さまに私の知る真実を伝えることができるのですから』

彼女はそんなことを言うべきではなかった。

自分の知らないところで、忌まわしい秘密がアルテイシアの耳に入る可能性を、オリヴァーが見過ごすはずがないのだから。

（アルテイシア、アルテイシア、アルテイシア……！）

正しい人間でいたかった。

彼女と共に光の中を歩くのにふさわしい男でいたかった。

そう在ろうと努力はした。しかし現実がそれを許さなかった。

努力は何ひとつ報われず、自分にできたのはただ、本来は望まぬ手段によって現実をねじ伏せることだけ。

(君を愛しているんだ。アルテイシア)

自分を見つめる怯えた目に傷ついた。

そんな眼差しをさせたいわけじゃない。結婚したばかりの頃のように、ただ愛し合って平和に生きていきたいだけだったのに。

そのためならどんなことだってしてみせるのに。

(愛しているんだ、アルテイシア)

だが、おそらく——

どんなことでもするという、その姿勢こそが彼女を幸せから遠ざけるのだ。

「アルテイシア、……すまない……」

熱さに朦朧《もうろう》とするうち、次第に霞《かす》んでいく思考を手放そうとした——そのとき。

せっぱ詰まった声が、どこか遠くから聞こえてくる。

「オリヴァー!」

エドワードだ。

牢獄のような寄宿舎暮らしの中で、奇跡的にできたたったひとりの友人は、意外に近くにいたらしい。

直後に自分の頬をたたく感覚があった。

「オリヴァー！　しっかりしろ！　――今ロープを外してやる」

身体を支柱に縛りつけるロープを引っ張ってほどこうとする気配を感じ、オリヴァーはゆるく首を振る。

「いいんだ、……エドワード……聞いてくれ……」

「話は後だ」

「エドワード、聞いてくれ……。おまえにしか頼めない」

「なにをだ」

きびきびと手を動かしながら、うっとうしげに応じる友人に向け、オリヴァーは打ち明けた。

生涯胸に秘めようと思っていた秘密を。

「イレーネは結婚するとき、すでに身ごもっていた。そして真実愛した男の子供を産んだ。ギルバートはそのおぞましい赤ん坊を殺し、他の赤ん坊とすり替えた。それに対してイレーネは、私と情を通じることで夫に復讐した。――ヴィンタゼル家の使用人の中には、ジャニスの他にもこのことを知っている人間がいるかもしれない。だから……」

煙に咳き込みながら、ぜぇぜぇと喘ぐような声をしぼり出す。

「……頼む。……私の代わりにアルテイシアを守ってやってくれ。幾重にも彼女を傷つける真実から。彼女は父親を愛し、尊敬している」

メイドの赤ん坊を買ったのは、『妻との間にできた子供』がどうしても必要だったから。自分の結婚をまちがいだと言う世間に向け、幸せを見せつけるために。

それでもギルバート・ヴィンタゼルは、アルテイシアを大切に育てた。妻に顧みられない娘に、できるかぎりの愛情を注いでいた。その点だけは彼を認めてやろう。

「ヴィンタゼル氏は立派な人間で、アルテイシアはその実の娘——彼女がそう信じて生きていけるよう、力を貸してやってくれ。……頼む……っ」

受け止めるにはあまりにも重く、忌々しい真実だ。まして風にも当てぬよう、大切に育てられてきた少女にとっては。

だから何とかして醜悪な現実を遠ざけておきたかった。

自分ひとりが悪者になることですべてを隠せるのなら、それでかまわない——と。

「それで、おまえはどうする気だ？」

「私は……ここから出る気はない」

助かればまた、アルテイシアを探し出さずにはいられないし、見つければ捕らえなければば気がすまない。……それでは今と何も変わらない。

自分がここで生き延びて、彼女が幸せになることはないのだから。

だがしかし。

「断る」

骨も遺さず散る夢想に酔っていたオリヴァーに、無情な答えが返される。

身体を縛めるロープをほどいた後、エドワードは乱暴な手つきで目隠しを外してきた。

「自分で守れ」

赤い光が目を刺す。

ようやく取り戻した視界には、すでにこの部屋にまで迫っていた炎の明かりと、そして

―――


「……アルテイシア……？」

光を背にしてこちらを見つめる、天使の姿に目を瞠る。

それまで食い入るようにこちらを見ていた天使は、名前を呼ばれ、弾かれたように飛びついてきた。

「オリヴァー！　よかった……。生きてて、よかった……！」

柱に背を預けて立ちつくすオリヴァーの首にしがみつき、彼女は何度も「よかった」とくり返す。

その向こうでエドワードがいつものごとく、にこりともせずに言った。

「私は外に残るよう何度も言ったんだが、ついてきてしまったんだ」

（なぜ……）

自分は彼女を閉じ込め、あんなにひどいことをしたのに。

今、アルテイシアはオリヴァーの汗と血でドレスが汚れることにもかまわず、強く抱きしめてくる。

彼女は、やさしいから。

こみ上げる屈辱と焦燥感に、オリヴァーは力尽くで妻の身体を押しのけた。

「……だめだ。私は君を欲しがる心を抑えることができない。どうしても傷つけてしまう。このまま死なせてくれ……っ」

煙に喘ぎながら訴えると、彼女は、間を隔てるオリヴァーの手を払う。

「そんなこと許すはずないでしょう!?」

「君を幸せにすることができないんだ！」

灼けるように痛む肺から空気をしぼり出しつつ、声を荒らげて怒鳴り返した。

彼女は驚いたように一瞬息を詰め、そしてキッと見据えてくる。

「だから死ぬの!?　短絡的すぎるわ！」

「これ以上君の負担になりたくないんだ！」

「あなたはわたしの夫なのよ！　いなくなるなんて絶対だめ！」

「君のためなんだ、聞き分けてくれ……っ」

「わたしのためを思うなら生きてって言ってるのよ！　どうしてわからないの!?」

涙をポロポロとこぼしながら、アルテイシアは大声で返してくる。

泣きじゃくる顔も美しい、と——こんなときにもかかわらず見とれてしまう。

（それに……）

こんなふうに声を大にして言い合いをするのは初めてだと、頭のどこかで考えた。

言葉を失っている間にも、大きな胡桃色の瞳は、後から後から涙をこぼす。

「……何も知らなくてごめんなさい……。あなただけに苦しい思いをさせてごめんなさい……っ」

くしゃくしゃになった泣き顔を、彼女は両手で覆った。

「守ってくれていたことを知らなくて、責めたりしてごめんなさい……っ」

「……なぜ……なぜそんなに泣くんだ……。まるで……」

まるでオリヴァーを愛しているかのように。

決して同情や、妻としての責任感からではなく、オリヴァーを失ったら生きていけないかのような、ひどい剣幕で。

「決まってるでしょう？　あなたを愛しているからよ、オリヴァー……っ」

泣きじゃくる妻の言葉に首を振る。

「ちがう。君は保護者が――父親の代わりに自分を守ってくれる人が欲しかっただけだ」

そして自分は、理想的な保護者として振る舞った。だから世間知らずな彼女は簡単にだまされてしまったのだ。……しかし。

「いいかげんにして！」

アルテイシアは、激するあまりオリヴァーをこぶしでたたいてきた。

「わたしの心をどうしてあなたが決めてしまうの？　どうして信じてくれないの？　わたしにはあなたしかいないのよ。たとえあなたがどんな人間でも、別れることなんか考えられないの。頭じゃない。心がそう言うんだからしかたがないの……っ」

二度、三度、と柔らかいこぶしが胸をたたいてくる。

甘い痛みが、彼女の本気の悲嘆を伝えてくる。

「でも私は……君におぞましい真似を……」

「……あなたが後悔しているなら……許すわ」

「……私を愛してる？　……本当に……？」

そのことがどうしても信じられず、つい訊き返してしまった。

彼女はまるで頑固な子供に言い聞かせるように、辛抱強く応じる。

「美しい薔薇を一緒に見たいと思うのも、公園を並んで歩きたいと思う男性も、向かい

合って毎日アフタヌーンティーを飲みたいと思う相手も、あなただけよ。あなたしかいない。他の人ではダメなの」

ひとつひとつの言葉の意味が、感動をともなって胸に染みこんできた。

まったく色気が感じられないにもかかわらず、ひどく情熱的な口説《くど》き文句のように、オリヴァーの胸に火をつける。

硬く凍りついていた生への執着が息を吹き返す。

華奢な肩をふるわせてつぶやくアルテイシアに、オリヴァーはおそるおそる手をのばした。

「アルテイシア、お願いだ、泣かないで……」

胡桃色の髪をなでてから、小さな頭をゆっくりと自分の胸に引き寄せる。

「君に泣かれると、死にそうなほど自分が無力に感じてしまうんだ……」

飾らぬ言葉で訴えると、彼女はあわてて涙をぬぐう。

そして無理やりとわかる笑顔を浮かべた。

「一緒にここを出てくれるなら、うんと素敵なアフタヌーンティーを用意するわ。あなたのために、特別に」

「……サンドイッチの中身はイチゴジャムかな」

「えぇ、そうよ。甘いものばかりよ」

「それは君の好物じゃないか……」

つぶやいた声とともに、オリヴァーの目からもひと筋の涙がこぼれる。

助かってもいいのかもしれない。

こんな自分でも、彼女が必要としてくれるのなら。

そんな思いをすくい取ったかのように、アルテイシアが手を差し出してくる。

「だからオリヴァー、……帰りましょう」

「……帰りたい……」

どこでもいい。彼女といられるなら。

オリヴァーは妻の真っ白な手を取った。

しっかりとにぎり返される感触に、ようやく帰ってくることができたと感じながら。

7章　誓いと祈り

「夫婦ゲンカが終わるのがあと五秒遅かったら、ふたりとも強制的に連れ出していたところだ」

とは、火事場ですっかり蚊帳の外に置かれていたエドワードの言だ。いつまでも逃げようとしないオリヴァーとアルテイシアの様子を、じりじりと焦りつつ見守っていたらしい。

実際には何とか屋敷が燃え落ちる前に、三人とも脱出することに成功した。

表向きには、何者かによってヴィンタゼル家の屋敷が放火され、その場にたまたま三人が居合わせたことになっている。

屋内に誰もいないか確かめに入ったオリヴァーの行動も、そんな彼がなかなか出てこないことを心配して迎えにいったエドワードとアルテイシアの対応も、危険だが尊敬されるべきものと各新聞が書き立てた。

後から入ったエドワードとアルテイシアは軽傷ですんだものの、オリヴァーは煙に巻かれて長時間さまよい歩き、気管をひどく損傷したため療養が必要と診断された。――というのは、社交界を長期間欠席するための言い訳で、実際には若者たちの暴行による怪我と、火傷の痕が身体の各所に残ったものの、大事には至らなかった。

一週間ほどたった今、大方の怪我は落ち着いている。

「もう寝台から出てもかまいませんよ、侯爵。寝たきりでいるのにも飽きたでしょう？」

診察に来た主治医の言葉にアルテイシアはほっと息をついた。

「本当ですか、よかった……っ」

「思ったより傷の回復が早くて驚きました。きっと奥さまの献身的な看病のおかげでしょう」

如才ない社交辞令を残し、片付けを終えた主治医はメイドに連れられて寝室から去っていく。

笑顔でそれを見送った侯爵夫妻は、ぱたん、と音を立ててドアが閉まるや、顔を見合わせた。

侯爵はくちびるの端をニッと持ち上げる。

「禁欲生活のおかげかな」

「オリヴァー……っ」

この一週間、アルテイシアはつききりで夫を看病した。その中で何が大変だったかというと、暇を持てあまし、何かというと情事に及ぼうとする夫を押しとどめることであった。傷の回復にさわるといけないからと、本の音読やチェス、カード、占いと、彼の気を逸らすためにありとあらゆる手を尽くした。

何年も前からさわっていなかったヴァイオリンまで引っ張り出したのだ。もちろん演奏は下手すぎて笑われてしまったが。……少年のように声を立てて笑う夫の笑顔は魅力的だったから、よしとしよう。

数々の苦労を思い出していると、彼は腕をのばして妻の身体を抱き寄せる。

「別に本当に手を出そうとしたわけじゃないよ。君のあわてる姿がかわいかったから、ふざけただけさ」

「悪趣味だわ」

アルテイシアは彼に身を預けつつ頬をふくらませた。

その頬にオリヴァーが口づけてくる。

「私のために一生懸命になる君を見たかった」

「いじわるね」

「それは否定しない。好きな子にはいじわるをしたくなる」

「前はそんなことなかったのに……」

「以前は大人しく振る舞っていただけさ。君に嫌われたくなかったし、それに……たくさんの隠し事をしているという負い目もあったから」

苦笑交じりの告白に、夫をふり仰ぐ。

「……わたしは、本当のあなたについて何も知らなかったのね」

愛していると言いながら、彼が抱えるものについて何ひとつ気がつかなかった。

それを知ることができたのだから、オリヴァーとの仲違いには意味があったと思う。

彼の恐ろしさを知り、痛みを感じ、哀しみに胸を衝かれた。――それでも、彼から離れたいとは思わなかった。何よりもそのことに安堵した。

「あなたは少し勘違いをしているわ。わたし……たぶん、あなたが思っているほど弱くないもの」

あの日――火事の現場において、死を覚悟したオリヴァーの口から聞かされた両親の秘密は、さすがにショックだった。それまで信じていたふたりの姿がくずれ落ち、自らの拠り所とするものがなくなってしまったかのような気分に襲われた。

しかし。

ならばオリヴァーを失い、その事実を知らないままでいたほうがよかったかと問われれば、答えは明らかだ。

「あなたと同じように、わたしも愛する人を守りたいと思っているのよ」

たとえ自分が何者でも、彼が必要としてくれて、愛されているのだとすれば、それが生きるためのよすがとなる。つきりで看病を続けたこの一週間、その思いを日々新たにした。

（わたしには彼が必要なんだわ……）

結婚したばかりの頃の、ただ幸せなだけの気持ちではない。自分たちがここに至るまでに存在した両親の苦悩や、彼の犠牲や、犯した罪までを考えた上で、迷いなくそう感じる。

アルテイシアは、醜い火傷の痕が残ってしまった夫の手をにぎりしめた。

「えぇ、これからは守られるだけじゃなく、私もあなたを守るわ」

誓いを込めてつぶやきながら、オリヴァーのくちびるに口づける。

穏やかに始まったキスは、次第に熱を帯び、しっとりとした欲情を煽り立てていった。

「幸せすぎてこわい……。こんなに幸せでいいのかな」

キスの合間に発せられた、とまどいがちな夫の言葉に、アルテイシアは小さく笑う。

「あなたは幸せになるべきなのよ」

心からの想いに応えるように、甘くくちびるをふさがれた。

ふたりの熱が溶け合ってひとつになる。うっとりと目を閉じたとき、下唇を柔らかく吸われ、ちゅっと音が立つ。それだけで胸が高鳴った。

（変ね……）

幾度となくくり返していることなのに、まるで初めてのときのように緊張している。

口づけを交わしながら、彼は急いた様子でアルテイシアのドレスを脱がしていった。その欲望がひどく高まっているのを感じ、切ないため息がこぼれる。

と、欲望の水位を示すかのように、我慢しきれなくなった舌先がくちびるの隙間から潜り込み、悩ましい期待をかき立ててきた。

「……ん、……ふ……っ」

それはアルテイシアの舌に甘えるように絡みつき、丹念に扱いてから貪るように吸い上げ、身震いするほどの陶酔に誘う。身体の芯まで熱く熟れていき、アルテイシアは腰の奥から生じるゾクゾクとしたおののきに背筋をふるわせた。

愛しているわ。

そう伝えたいというのに、激しく絡みついてくる彼の舌は、ほんのわずかな間もアルテイシアが離れることを許さない。しかし互いの繊細な器官による愛撫が、言葉よりも雄弁に愛を伝えるのもまた事実だった。

角度を変えて際限なくくり返される情熱的な交歓に、すっかり骨抜きにされてしまう。

気がつけば、それまで彼が横になっていた寝台に組み敷かれていた。

自らも服を脱いだ彼の裸身は、久しぶりということもあり、アルテイシアの目にひどくなまめかしく映った。いつもはどこか謎めいたムーンストーンの瞳に、はっきりとした劣情を宿して見下ろされているとなれば、なおさら。

見つめ合ううち、慎重にのばされてきた手が首筋を伝い、鎖骨をなぞって胸のふくらみを包み込んでくる。手のひらの熱を感じ、ドキドキと鼓動を高鳴らせていると、彼はそこでふと手を止めた。

「温室で何度も……無体な真似をして悪かった。君が私のもとから離れていってしまいそうだったから……、つなぎ止めようと必死だったんだ」

「オリヴァー……」

「二度と……ああいうことはしない。誓うよ。だから……許してくれ」

神妙に言う相手に、アルテイシアはうなずいた。

「そうね。あんなふうに扱われるのは、とてもつらかった」

すると彼は気まずそうに目を伏せ、手を引こうとする。アルテイシアは、その手に自らの手を重ねた。

「温室にいたときは——結婚してから仲たがいするまでの、あなたと愛し合った思い出が懐かしくてたまらなかったわ」

そう言いながら反対側の手で彼の頬を包み込む。

「わたし、ずっとこうしたかった。……もう一度、あなたときちんと気持ちの通じ合った状態で愛を交わしたいと、ずっと願っていたのよ」

「アルテイシア……っ」

「愛しているわ、オリヴァー。……何をされても、あなたを嫌いにはなれなかった」

「あぁ、アルテイシア。アルテイシア……！」

後悔と安堵に顔を歪ませ、オリヴァーはうめくように訴えてきた。

「私もだ。愛している。あまりにも深く愛しすぎているせいで、時々自分でも自分を止められなくなってしまう……っ」

切々と言った後に、彼はふたたび熱くくちびるをふさいできた。迸る気持ちをそのまま伝えるかのようなキスに、アルテイシアも歓びで溺れてしまう。

「……はぁ……っ」

息継ぎの際にこぼれた声は、自分でも恥ずかしくなるほど甘ったるく響いた。

アルテイシアの性感を知り尽くした舌に、敏感な口蓋を執拗に擦り立てられ、たまらない気分になる。募る快感を逃がそうと、自然に身体がくねってしまう。

するとオリヴァーは煽られたかのように、ますます舌での愛撫に熱を込めてきた。

「……んふぅ……んっ、……ん、……んぅ……っ」

互いに裸の肌を擦り合わせながら、深く濃密な口づけに夢中になり、骨まで蕩けるほどの熱い心地よさに酔いしれていると、ふいに彼の手が乳房を探るように動き始めた。

ふくらみを包み込むと、壊れ物でも扱うかのような、優しい手つきでまろやかに捏ねまわしてくる。

「……ぅん……っ」

口づけに蕩けたアルテイシアのくちびるから、あえかな声がこぼれた。と、指先が先端の敏感な部分をくりくりとくすぐってくる。

「……ん、ン……っ」

息を詰めて、ゾクゾクと湧き出した愉悦に身をすくめる。と、みるみるうちに硬くなった先端を、彼は待ち焦がれたように口に含んできた。

「ぁ……っ」

ツンと尖った頂を、舌先で捏ねられる甘い感覚に、ぴくりと肩が跳ねてしまう。そのまま口の中で、円を描くように押しまわされた。

身体が勝手にひくひくとふるえ、胸の奥から湧き出す愉悦に、先端はますます硬くなる。その反応に喜んだ舌のひらでさらにねっとりと転がされると、うずうずと痺れる感覚が次第に耐えがたくなり、アルテイシアは喉を反らせて甘く啼いた。

「……ぁンっ、……ん、はぁ……っ」

なぜだろう。縛られているわけでも、目隠しをされているわけでもないのに。——官能を強制的にふくらませるようなことは何もされていないというのに。

ほんのちょっとした刺激に、ひどく感じてしまう。

自分にふれる彼の手も、舌も――想いを余すところなく伝えようとするかのごとく、熱のこもった愛撫のすべてが、思いも寄らぬほど心地よい。

「んぁ……っ」

まだ序の口だというのに、あられもない声を響かせてしまった恥ずかしさに、アルテイシアは思わずくちびるを噛んだ。しかし。

「――ん……っ、んーっ」

くちびるを引き結んで堪えていると、彼が柔らかな双丘から顔を上げる。

「かわいい声をもっと出して」

「で、……でも……っ」

感じるままに声を出しては、胸を舐められているだけで、すでに眩暈がするほど気持ちがいいということが知られてしまう。

歓びの涙をにじませた目をさまよわせていると、彼はねだるように言った。

「お願いだ。君のいやらしい声を聴かせて。……ね？」

甘えた声音に鼓動が跳ねる。まさにそのとき、硬く凝った乳首を、ちゅぅっと吸い上げてくる。

「あっ、……はぁンっ……！」

身体の奥から湧き出してきた甘い感覚にアルテイシアは大きくよがり、うっすら汗をにじませた身体をびくびくと跳ねさせた。

その痴態を愉しんでいた彼は、ふいに大きな手で包み込むように、豊かな柔肉を真ん中に寄せる。

「見て――」

真っ白なふくらみの中、先端の部分だけが卑猥なほど赤く色づき、唾液に濡れて勃ち上がっていた。

「イチゴの先っぽみたいだ」

そこにちゅっちゅっとキスをしながら、彼は「気持ちいい？」と訊ねてくる。

「ぁ、いい……いい……っ」

涙を浮かべてうなずくと、嬉しそうに舌舐めずりをする。

「じゃあこっちも――」

つぶやきと共に反対側のふくらみを口に含み、尖りきった先端を舌で弄んだ。

淫らに絡みついて上下に扱き上げ、ふくらみに押し込めるようにして転がしたかと思うと、ちゅぅっと吸い上げてくる。

「ひぁっ、ぁ、……ぁぁっ……！」

丁寧を通り越して執拗な口淫による快感は、降り積もる雪のように少しずつ嵩《かさ》を増していき、やがて腰の奥で甘苦しい熱となって耐えがたいまでにふくれ上がる。

気がつけばアルテイシアは、双乳に顔をうずめる彼の頭をかき抱き、身をよじらせてむせび泣いていた。

その昂ぶりきった身体に、彼は空いている手を這わせてくる。

指先で背骨をたどり、臍の孔《あな》をくすぐった末に腰を入念になでまわされれば、歓びに敏感になった身体はヒクヒクとわなないてしまう。そして――

「ぁ、ぁぁン……っ」

すぅっと脚の付け根に滑り下りてきた手が、すでに蜜のあふれた秘裂をそっとなぞった。

もどかしい感覚に背中をしならせると、彼は上体を起こしてアルテイシアを見下ろしてくる。

「久しぶりだから、君の身体もうんと期待しているようだね」

「……そんな、こと……っ」

「だってここ、もうこんなに濡れてる」

羞恥に目を伏せるアルテイシアへ聞かせるように、くちゅっ……と音を立て、溝をたどるようにして襞の前方へと指を潜り込ませてくる。

「あっ、……ぁ……っ……!」

うわずる声を愉しむように目を細め、彼は指先で雌しべにそっとふれてきた。

「ここ、もう硬くなってるみたいだね」

長く続いた淫戯の数々を受け、そこはぷっくりと弾けんばかりにふくらんでいたようだ。

「さわられるのを期待して、莢からかわいい頭をのぞかせているよ。ほら……」

そう言いながら彼は秘玉の莢を剝き、指先でくりくりとなでてくる。

「あっ、ぁあっ、ぁっ……！」

小刻みな刺激に、腰の奥で快感の火花が弾ける。痺れるような快感が爪先まで走り、アルテイシアは喉を突き上げて甘い声を発した。

「ひぁっ、……そ、そこばっかりっ、……さわるの、ぁンっ……あぁっ！　……だっ、ダメぇ……っ」

淫らな振動のおかげで、下腹が沸騰しそうなほどの熱を帯びていく。その感覚に、ひっきりなしに大きく腰をくねらせた。

オリヴァーは跳ねまわる胸のふくらみに、きまぐれに口づけてくる。

「こんなに辛抱できない君を見ることができるのなら、禁欲生活も悪くないかも」

「ぁっ、オリヴァっ、もう……、もう……ぁっ……あぁっ……っ」

涙を目に浮かべて懇願する妻の頰を、彼は苦笑交じりに手でふれた。

「冗談だよ。特に理由もなく何日も君にふれないなんて、まずもって私が耐えられない」

「ぁんっ、んんっ……やぁっ、あっ、ぁあぁ……！」

剝き出しの性感をくりくりと容赦なく責められ続け、目蓋の裏で閃光が明滅《めいめつ》する。

腰が溶けくずれてしまいそうな淫悦に苛まれ、悲鳴を上げて懊悩するうち、やがて突き抜けるような快感が頭の先まで駆け上がり、真っ白な絶頂に至る。

「あぁぁ……！」

しなった全身をひくつかせて心地よい快楽の波に浸っていると、ややあって彼が「アルテイシア」と遠慮がちに呼びかけてきた。

「その……無理にとは言わないけど、もう少し脚を開いてくれたら、もっと気持ちよくしてあげられるんだけど……」

「……舐めるのは、なしにして……？」

「わかっているよ」

聞き分けのいい返答に、アルテイシアは膝を立て、自らそろそろと脚を開いていく。

オリヴァーはといえば、いそいそとその間に身体を割り込ませ、蜜口に中指と薬指を挿れてきた。二本の指でぬぷぬぷとそこをかきまわしながら、達したばかりの雌しべにまで親指をのばしてくる。

愛液をすくい取った指先で硬く尖った淫核をぬるぬると捏ねられ、ぶわりと噴き出した鋭い快感に、高い嬌声が迸る。

「ひぃっ、……いっ、いまそれっ……、あぁっ！　……だめっ、……だめだって、ばぁ、あぁっ……！」

執拗に嬲られるのは、言うまでもなく莢から飛び出した性感の塊である。ほんの少し擦られるだけでも身を焦がす淫熱に煽られ、腰の奥にまで快感が響いてしまう。

煩悶するアルテイシアは、ひっきりなしに背筋をビクビクとふるわせた。

それをじっと見つめる夫の眼差しに、余計羞恥が増していく。彼はそうやって恥ずかしがる妻を見るのが好きなのだ。

「いつもは清楚な君が、ちょっとさわっただけで、こんなふうに乱れる姿を見るのはたまらないね」

「いっ……いやらしいわ……っ」

「なぜ？　君が私の手に感じてくれている様を見たいだけだ」

中をかきまわす指の大胆さも、親指に負けていない。ぐぷぐぷと抜き挿しされていた指先は、やがて腹側の弱点を的確に捉え、律動的な刺激を送り込んでくる。

「はぁっ、……んっ、ぁっ……ぁあっ、ぁ、ぁぁ……！」

甘い振動に、性感を掘り起こされた腰が持ち上がり、さらされた内腿がビクビクとふるえてしまう。

淫唇から大量の蜜があふれ出し、不埒な指に絡みつく。それでもなおクチャクチャと愛撫を続ける指を、うねる媚壁がきゅうきゅう締めつける。

「……ぁっ、……はぁ、……はぁっ……！」

「だいたい妻が夫の愛撫に溺れて何が悪い？　むしろ心ゆくまで溺れるべきだ」

長く器用な指でアルテイシアを翻弄しながら、彼はしごく満足そうに言った。

「こうして妻が自分の指に気持ちよくなる姿が、夫の身も心も満足させることになるのだから」

「……身も、……心も……っ？」

「そう。端的に言えば、肉欲とプライドとを大いに満足させる」

自分だけ余裕ぶって笑う夫が、アルテイシアはちょっとだけ憎らしかった。

「もう……っ」

まっすぐに両手をのばし、彼の首筋に腕をからめるのと同時に、ぎゅっと力を込めて抱き寄せる。

「わ……っ」

不意打ちに体勢をくずされたオリヴァーが、とっさに空いていた手をついて身体を支える。

互いの肩口に顔を埋め合う体勢になり、アルテイシアはくすくすと笑った。

「これで顔は見えないわね」

「え？　……あぁ、なんてことだ……」

こちらのねらいに気づいた彼がうめく。

してやられたと思っただろうが、彼はアルテイシアの腕を無理に外そうとはしなかった。

「意外にじゃじゃ馬なんだな、君は」

「実はそうなの。……あなたにあきれられたくなくて、これまでは大人しくしていたけれ、ど……っ――あっ、いや……動かしちゃっ……やぁ、ぁあっ……！」

重ねた指に、中の敏感な部分をぐちゅぐちゅと捏ねられ、湧き出した喜悦に思わず腰を振り立てる。

彼の首にしがみついたまま身悶えていると、耳元で、ぺろりとくちびるを舐める気配がした。

「お仕置きだ。たっぷり味わうといいよ――」

直後、ぬるつく親指で尖った雌しべをくりくりと押しつぶされ、全身からどっと汗が噴き出す。

「やぁあっ！　それっ……あぁっ、ぁっぁっぁあン……！」

頤を跳ね上げた喉から、あられもない嬌声が上がる。

中の性感を擦り立てられながらの淫戯は、先ほどよりもはるかに鮮烈な快感となって襲いかかってきた。

その横でオリヴァーがつぶやく。

「おや、……ふぅん」

彼の耳元で喘ぎ、感じるたびに自らぐっぐっと胸を押しつけていると、

「まぁこれはこれで悪くないか……」

などという不埒なささやきが耳朶にふれる。しかしアルティシアはそれどころではなかった。

「ぁあっ、……まって、……まって、オリヴァっ、ぁぁっ、……両方は、ぁぁンっ、……ずるい、……てばぁぁ……！」

ガクガクと腰を振って感じ入る妻に、彼はいっそ優しく声をかけてくる。

「気持ちいい？」

「いいわっ、……いい……っ」

情欲に染まったムーンストーンの瞳を見上げ、涙をポロポロこぼしながら、アルティシアはくり返しうなずいた。ほぼ同時に、下腹の奥で危険なほどふくれ上がっていた快楽が弾ける。

「はんん……——！」

中の指をきつくきつく締めつけながら、びくびくと下腹を痙攣させ、声にならない悲鳴を上げて甘美な頂へと達してしまう。

高いところから落ちるような快感の後、気づけばくったりと力の抜けきった脚は、あられもなく開いてしまっていた。

それに気づいてあわてて閉じようとしたところ、すかさずオリヴァーの手によって押さえられる。

彼は身を乗り出すようにして覆いかぶさってくる。

「君を気持ちよくするのは、指だけではないよ」

そう言う彼の下肢は驚くほどたくましく漲っている。

目にしたものの衝撃に、思わずごくりとツバを呑み込むと、彼は言い訳をするようにつけ足した。

「一週間、していなかったから……」

アルテイシアの両脇に手をつき、まっすぐに見下ろしてくる。

「……いいかい？」

この期に及んで了承を求めてくる夫に、思わず笑みが漏れた。

「愛してるわ。——あなた」

つぶやくように答えるや、熱く硬い先端が蜜口にぬちゅりと埋め込まれてくる。

腰が押し進んでくるのに従い、隘路がぐいぐいと押し拡げられる。

「……ん……はぁ、……ぁ、ぁ……っ」

みちみちと容赦なく入ってくる圧迫感が愛おしかった。他のどんな行為よりも、求められているという実感を得られる。

ぐいぐいと押し上げてくる熱い塊に胎内を迫り上げられ、重い息苦しさと、眩暈のするような心地よさがない交ぜになって襲いかかってくる。

やがて下肢が密着するほど根本まで埋め込まれた楔の先端が、ずんっと奥を穿つに至り、一瞬だけ意識が遠のいた。

「あぁぁっ……！」

身体の芯から溶けていきそうなほど熱い恍惚に、ビクビクと腰をしならせて感じ入り、うねる媚壁がくるおしく雄茎を締めつける。中へ引き込もうと、はしたないほど淫らに絡みつく。

オリヴァーが快感に酔いしれるようなため息をついた。

「あいかわらず……敏感な身体だね……」

「……だって……気持ち、いい……っ」

官能の涙に濡れながら手をのばし、たくましい背に自ら腕をまわす。

「オリヴァー……っ」

身体の中を彼でいっぱいにされた感覚が、たまらなく気持ちいい。

ゆるりと下から突き上げられると、感じやすい蜜洞が刺激されてわななき、中のものをきゅうきゅう締めつける。

身体を上下に揺さぶられるほど抽送が大きくなれば、熟れて蕩けた蜜洞が悩ましく収縮し、じゅぷぬぷと音を立てて埋め込まれてくるたくましい熱塊を喰い締める。

その貪欲な淫路を、いきり立った剛直でかきわけるように抜き挿ししながら、オリヴァーが快楽に染まった面《おもて》でじっと見下ろしてきた。

「まったく……一週間も君にふれずに過ごした自分の理性を褒めてやりたいよ」

さも愛おしそうにささやかれる声と言葉に、胸の奥でたまらない歓びが沸き立つ。

愛しさが蜜のようにあふれ出し、その感覚が全身をますます感じやすくさせていく。

「気持ちいいわ、オリヴァー。……あぁっ……いい……っ！」

アルテイシアは下腹を貫く熱塊のもたらす、甘苦しい快感に酔いしれた。

それは自分の欲望を煽り立て、感じるままに悶える痴態すら心地よく受け止めさせる。

無理やりされていたときは、身体は感じていても、頭はどこか醒めたまま。そんなやり方に反応してしまう身体に失望を覚えていたというのに。

同じ行為をしていても、心をともなうときと、そうでないときは、どこまでも感じ方がちがうのだ。

この圧倒的な多幸感に勝る媚薬はない――

ぐぷっぐぷっと柔襞を捏ねまわされる淫蕩な抽送に、どこまでも深く、途方もない快感が迸る。

「あぁっ、……はぁあっ、……ぁあぁぁ……っ」

愛する人とひとつになり、激しく求められる法悦は、アルテイシアの気持ちをひどく昂ぶらせた。奔放に喘ぎ、自ら腰をすり寄せ、少しでも深く彼のものを受け入れようとする。

「ぁはぁっ、オリヴァー……っ」

ぱんぱんにふくれた切っ先に、絡みつく媚壁を甘く擦り立てられれば、身体が弾けてしまいそうなほどの歓喜に襲われる。

そんな妻の淫奔な反応を受け、オリヴァーの抽送もまた勢いを増した。

「アルテイシア……アルテイシア……！」

心地よさをにじませた夫の声に、燃え立つ身体のみならず、心までもが熱い官能に打ちふるえる。

「ぁあぁっ、はぁっ、んぁぁっ、……！」

ビクビクと腰をふるわせて懊悩していると、彼はぐいぐいと下肢を密着させて奥の深いところを抉ってくる。

過敏な雌しべの周りまでが淫唇と一緒に揺さぶられ、軽く達してしまいそうな快感が下腹を突き抜けた。

「ひぁぁっ！　あぁっ、ぁっ……深い……っ、ぁンっ、んぁぁ……っ」

圧倒的な充足感に、重く、甘苦しい快楽がずしんずしんと響き渡る。

身の内から灼き尽くされそうな淫悦に、上下もわからなくなるほど感じてしまい、目の前の身体に腕をのばしてすがりつく。

その額に口づけ、彼は言った。

「君だけだよ」

淫らに腰を振り立てながら、うめき混じりのせっぱ詰まった声音で訴えてくる。

「君だけだ。私をこんなにも満たすのは……っ」

常であれば時間をかけてアルテイシアの中の締めつけを味わい尽くすというのに、今日の彼は性急だった。

それもそのはず。淫らに吸いつき、痺れるほどに引き絞る蜜路の動きに、彼の欲望はビクビクと信じがたいほどふくれ上がっていく。

それと共に、下腹で煮詰まった濃密な官能の波がくり返し押し寄せてくる。

「ぁあっ、も、ダメ……ぇっ……！」

密着した互いの素肌の熱さにすら、のぼせてしまいそうだった。ハァハァと乱れた息づかいが寝室に大きく響いている。

「私もだ。こらえ性がないな……」

吐息に濡れたくちびるに苦笑を浮かべ、彼は抽送をいっそう速めた。

ガツガツと貪るように、勢いよく下腹を押し上げてくる淫撃に悲鳴を上げる。滾る欲望を互いに追い求め、ふたり一緒に恍惚の階《きざはし》を駆け上がっていく。

「もっと……っ、ぁあっ、いいっ……いいっ、……もっとぉ……っ」

むせび泣きながらの懇願に応え、オリヴァーは熱杭を最奥にねじ込んだまま、ずくずくと小刻みに突き上げてくる。

「あぁっ！　んぁっ！　ふぁっ、ぁン……！」

汗に濡れた肢体を上下させながら、官能にかすんだ瞳で愛する夫を見上げる。

「わたしを……っ、あっ、あなたでっ、いっぱいに、……して……！」

結合部で響くじゅぷじゅぷという音にまで感じながら、昇り詰めるオリヴァーの快楽から振り落とされまいと、必死にしがみつく。

ほどなく甘い悦楽が噴泉のように湧き出し、背筋を貫いて脳髄まで真っ白に染め抜いた。

悩乱する身体を荒々しく引き寄せられ、熱く脈打つ楔でなおも最奥をガツガツと穿たれる。

「あぁぁあっ……！」

下肢の奥から突き上げる快感に身体が跳ねた。雷のように駆け抜けた衝動によって、ひときわ強い忘我の極へと放り出され、背中をのけぞらせて陶酔に溺れる。

淫路に引き絞られた彼の雄も、とうとう欲望を弾けさせた。熱い飛沫を奥にたたきつけられ、達している最中だったアルテイシアは、さらに息を詰まらせて身をわななかせる。

「……ぁぁ……！」

「アルテイシアっ……、アルテイシア……っ」

劣情にかすれた声でくり返し名前を呼ばれ、甘やかな気分に全身が満たされていく。

奔流のような恍惚の波が収まり――やがて少しずつ引いていく最中、オリヴァーがドサリと隣に身を横たえた。

心地よさそうに胸を上下させる様を見つめていると、ふとこちらを向いた彼と視線が絡み合う。

「――――……」

言葉がなくとも想いは通じた。

オリヴァーは軽く身を起こし、首をのばしてくちびるを重ねてくる。

くり返しついばみ合うような口づけに、アルテイシアは息を乱したまま、くすくすと笑った。

「ふふ……っ」

戯れのキスを仕掛けながら、彼もまた笑ってささやいてくる。

「今度こそ、君を幸せにすると約束するよ」

甘く見つめてくるムーンストーンの瞳を見上げ、汗の浮かぶ顔に手をのばして頬をなでる。

「もう充分幸せよ」

「夢みたいだな。こんなふうに、秘密を持たずに抱き合えるなんて」

「オリヴァー……」

「ずっとずっと、君に恋い焦がれてきたんだ」

「わたしも。十二年前――あなたが急にいなくなってさみしかったわ。それから気づいたの。初恋だったって……」

うふふ、と笑ったくちびるが甘くふさがれる。初めは戯れめいていた口づけも次第に熱を増していき、やがて深く、淫らに舌を絡め合うものになっていく。

気がつけば腕をまわして抱きしめ合い、互いになまめかしく肢体をくねらせていた。

若い欲求は早くもふたたび頭をもたげ、次なる悦楽へと駆り立ててくる。ふたりとも、身の内で沸き立つ愛欲の声を互いの瞳の中に見いだしていた。

想いを確かめ直してから初めての交歓は、まだまだ序章に過ぎない。

思うさま欲望をぶつけ合うまで、心の昂ぶりは決して鎮まることはないのだ、と――

エピローグ

火事から三週間近く経った、その日。

アルテイシアは久しぶりにオリヴァーと共に公園を散歩した。

貴族にとって公園の散歩は社交の一端でもある。歩く先々で声をかけられ、そのたびに火事の説明をくり返していたところ、帰路につく頃には日が傾き始めていた。

ふたりで肩を並べて座り、馬車の揺れに身をまかせていると、オリヴァーがふと声をかけてくる。

「疲れたかい？」

「え？」

「窓の外を眺めてぼんやりしていたから……」

指摘に、アルテイシアは笑って「いいえ」と首を振る。

「さっき馬車に乗るとき、道ばたで子供たちの歌を聴いて、ちょっと……。わたしも子供の頃よく口ずさんでいたから」

ボールを投げたり、トランプを並べたり、手遊びをしたりと、拍子を取るときに日常的に歌われる童謡である。その歌詞を思い返していたとき、ふと思いつくことがあったのだ。

アルテイシアは外套をまとう夫の肩に頭を預ける。

「ねぇ、オリヴァー……」

「ん？」

「温室の外れに小さなお墓を作ったのは、あなた？」

突然の問いに、彼は一拍置いてから静かにうなずいた。

「……そうだよ」

「あれは、あなたの――」

「私の母親ちがいの弟の墓だ」

「――……」

アルテイシアは、やはり、と悼む気持ちで目をつぶる。

火事のとき、オリヴァーは言っていた。イレーネは実の兄の子供を産み、ギルバートがその子供の命を奪ったのだと。

「どうやってその子を見つけたの……？」

「実は……ヴィンタゼル氏の遺産を整理していた際、銀行の貸金庫から嗅ぎ煙草《たばこ》入れが出てきたんだ。金台に明るい色のエナメルを焼きつけて、宝飾を施した逸品だった」

嗅ぎ煙草入れとは、文字通り嗅ぎ煙草を嗜《たしな》む貴族が好んで用いる手のひら大の容器である。

装飾品としての価値が高いものも多く、蒐集家《しゅうしゅう》がいるくらいなので、貸金庫から出てきても不思議ではない。

「そう……」

うなずいたアルテイシアは、続く言葉に耳を疑った。

「中には骨のようなものが入っていた。おそらく遺体を燃やしたんだろう」

「……燃やした……!?」

驚いて身を離す。

この国では死者を埋葬する際、土葬するのが普通だ。宗教的な見地から火葬は忌避《きひ》されるためである。

「遺体の処分に困っての、最後の手段だったのではないかな」

「それでも……っ」

動揺を見せる妻をなだめるように、オリヴァーは肩を抱きしめ、妻を自分に引き寄せる。

「それでも――さすがのヴィンタゼル氏も遺骨を捨てることはできなかった、ということ美しく高価な嗅ぎ煙草入れに骨を収めたのは、名前もつけられることなく死んだ赤ん坊への、せめてもの償いだった――と思いたい。

アルテイシアは顔を手で覆った。

「……それで？」

「放っておけなくて、うちに連れて帰ったよ。牧師を呼んで、きちんと祈ってもらったんだ」

「……よかった。安心したわ」

寄り添うオリヴァーが身につけている外套は、いつものもの。

黒地に織り出された天使の羽根の模様を、アルテイシアは指先でなでた。

人知れず示された夫の優しさが誇らしい。虐げられ苦労した半生が、彼を人の痛みに敏感なたちにしたのだろう。

しかしその思いやりは息をするように自然であるため、自分では気づいていないようだ。

（あなたは自分で思っているほど計算ずくの人間ではないのよ……）

オリヴァーの肩にふたたび頭を預けて小さく笑っていると、頭上で彼が「ただ……」とつぶやく。

「諸悪の根源であるフィッツベリー家に葬られて、はたして安らかに眠れるかどうか……」

ため息混じりに言う夫をふり仰ぎ、アルテイシアは力を込めて言った。

「今はわたしたちの家よ。その子の魂が安らげるような家庭を築きましょう」

溺れるような豊かさの中で心を見失ってしまうことのないように。

気持ちのふれ合いによって幸せを感じることができるような『家族』を、ふたりで作るのだ。

まっすぐ見つめる妻を、彼はしばらくだまって見下ろしてきた。

しかしやがて、薄青の瞳を柔らかく和ませる。

「……君がそう言ってくれるなら、きっとそうなるだろう」

噛みしめるようにささやくと、彼は指を絡めて手をつなぎ、アルテイシアにキスをした。

石畳を打つ轍の音がゆっくりとしたものになり、やがて停まる。門衛が門を開ける音がする。

そのあたりにも子供たちがいるのか、透き通る高い歌声が、馬車の中まで響いてきた。

黒薔薇の温室は　鳥籠
捕らえて閉じ込め　羽根をもぎ
誰にも知られず　眠らせる
輝ける恋の　牢獄

あとがき

こんにちは。ソーニャ文庫さんでは初めてお目に掛かります、最賀《さいが》すみれと申します。

この度は拙作をお手に取っていただき、誠にありがとうございました。

…とマジメな感じで始まりながら、いきなりアレな話で恐縮ですが。

この作品の中にはイチゴを使って致すシーンがあります。それを友人に話した際、「ちょっと待って。それ、名もなき小さなイチゴならともかく、と○おとめは無理かも」と言われてコーヒー噴きました。18世紀末のイギリスをイメージした舞台ですので、小粒ではないかと思われます。ご安心ください。

それはそれとして、話はシリアスです。

作品の雰囲気をあますことなくカバーに反映してくださった氷堂《ひどう》れんさんに心から御礼申し上げると共に、「シリアスなお話が書きたいです！」という希望に応えてくださったソーニャ文庫さんにも謹んで感謝致します。

最後になってしまいましたが、読み巧者であるレーベルファンの皆様に楽しんでいただければ幸いです。

またの機会があることを願いつつ。